天

Borderless

下

天下，在乎正义和你

天
Borderless
下

大地家族

[美] 盖瑞·施耐德——著

董晓娣——译

法律出版社

作 者 简 介

[美] **盖瑞 · 施耐德**

20 世纪美国著名诗人、散文家、翻译家、禅修者、生态哲学家，先后出版有二十余部诗文集，其中《龟岛》获得了 1975 年普利策诗歌奖。施耐德是“ 垮掉派 ”代表人物之一，是凯鲁亚克、金斯堡生前的挚友，也是这个流派中诗歌成就较大的诗人。

译 者 简 介

董晓娣

自由译者。翻译作品:《漫步的艺术》《有趣的事实》等。

Earth House Hold
By Gary Snyder

著作权合同登记号
图字：01-2014-8448

目　录

1.巡护日记

一、 克雷特山

1952年6月22日　斯卡吉特区　贝克山国家森林公园

马布尔山护林站

搭车到了这儿，斯卡吉特的长峡谷。草丛中停着几辆旧汽车，长满欧洲蕨的田间伫立着一些小房子。树桩地里，有几头奶牛。

在公园路咖啡店的馅饼里吃到了柠檬果肉。

——“你们为什么不在店里放个自动唱机”

——“老板说不划算”

6月28日

布莱基·伯恩斯(Blackie Burns)说:

“28年前你能找到一个钓鱼的好地方。

贪婪又自私　不尊重这片土地

　　锡罐,啤酒瓶,脏盘子

　　离床几步远的一坨屎

五十个人中一个王八蛋

小溪里有鱼的内脏

门为熊敞开着。

如果你和护林站的小伙子们在一起

别觉得以下是在说笑:

头两个月看到那群女人时你说

　　‘有一个很可爱’

接下来的三个月,她和别人没什么两样

当你看到有人从厕所出来

　　你想知道她刚才是不是拉到了地上

应该用坑厕”

7月9日　花岗岩溪防护站

溪中巨石岿然不动
溪水总是
汇流而下！

矿工弗兰克·毕比（Frank Beebe）建造的摇摇欲坠的小木屋。

从路的那头，走了两天来到这里。

日本人的艺术　赏月
听虫鸣
读慧能大师的佛经。

人们不需要大学和图书馆
人们需要的是对周围保持清醒

自言自语“我并不在意”

7月11日

在岸边割新鲜的大黄[1]
小溪潺潺流下
昨晚钓了一条鳟鱼
今天登到克雷特山的顶峰后折回
荒芜的高山上，长着一些我不认识的花
松鸡和雏鸟，假装翅膀受了伤。

巴克斯特（Baxter）说："人类很有趣，我爱过一个女孩

虽然很痛心，可我还是把她赶走了。她拼命讨好我——四个月后，她嫁给了别人。"

一头母鹿，站在崎岖的小径上，毫不畏惧。
一个陌生人朝南走去

〔1〕 大黄，rhubarb，植物，生长于寒温带地区。叶柄味酸，常和草莓一起用来做馅，或用在水果羹和蜜饯中，也用来制甜酒和开胃酒。——译者注

本书页下编号制注释均为译者注；作者注因数目较少，改采页下星号制注释格式。下文不再逐一标明。

一个从马布尔山来的学习机械修理的龅牙男孩。

7月23日　克雷特山　海拔：8049英尺

糟糕的天气持续三天了——先是刮风、下冰雹，然后是雨夹雪，最后下雪；无线电发射器坏了，确切地说，是接收器坏了。如何是好？

四只松鸡站在“A”形架旁，一只兔子正从路边跑向雪堆——
即使在这样一个寒冷而多雾的岩石区，依然有生命存在。

一头撞到了灯上，
百叶窗掉了下来，无线电彻底没了信号，
煤油炉还烧着，柴火炉烧不起来，
手指冻得没了知觉，写不了字。

这是七月中旬。至少，我还有足够的精力去读科幻小说。只能和衣而卧。

炉子里烧着湿木头——窗户上蒙上了雾气，障子[1]似的透出一股白光。窗外刮着风，什么也看不见。

我很脏，也没指望能收拾干净。(必须学习帕坦伽利[2]的瑜伽体系——)

〔1〕 障子，shoji，指日式房屋中作为隔间使用的可拉式糊纸木制窗门。

〔2〕 帕坦伽利，Patanjali，瑜伽之祖，一般认为他诞生于公元前约200—500年的印度拉尔地区。他创作了《瑜伽经》，开创了一个整体的瑜伽体系，印度瑜伽在其基础上才真正成形。

7月28日　克雷特山

下山去买新的无线电装置，到了罗斯湖又回来。走了三天。奇怪，这地方竟让人如此不想离去；很难解释得通，这里并非什么让人敬仰的地方；我迫切需要内省，调整感受机制。

一只死去的条纹鹰，被风吹到了瞭望台。条纹鹰性情凶猛、身体紧凑，头部呈方形。

——若有人想写关于自然的诗歌，读者在哪里？

必须要拥有那种试图清楚地表达景象的矛盾心态。

这个时代的诗歌与自然。

（排斥人类。人类事件的紧张局势，充斥着暴力和悲剧，与无人烟的自然环境对立？像杰弗斯[1]那样？）

~~~~~~~~~~~~

一对老鹰翱翔在恶魔溪谷上空

~~~~~~~~~~~~

7月31日

今天早上：

一只淹死的老鼠头朝下漂在水桶里。

“要是没有管仲，我们都会披散头发，左开衣

---

〔1〕 杰弗斯，指Robinson Jeffers，1887—1962年，美国诗人。他厌恶虚伪的人类，拒斥文明社会的一切，却热爱自然，向往海洋，在荒凉的卡梅尔海岸亲手建起了自己的家园——石屋（Tor House）和鹰塔（Hawk Tower）。

襟"[1]

兴于诗

立于礼

成于乐[2]

——《论语》

拿1935年8月8日的瞭望员所摄的全景照同现在的对比一下：同样的雪地，同样的画面。大雪堆积、融化，年复一年。

"天晓得，"他道，"因为，老实讲，你那臭

〔1〕 子贡和子路问孔子，对管仲背叛公子纠辅佐齐桓公怎么评价，孔子回答"微管仲，吾其被发左衽矣"，以示对管仲的肯定——见《论语·宪问篇》。"被发左衽"是边疆夷狄少数民族的样子。

〔2〕 意思是人的修养，开始于学诗，自立于学礼，完成于学乐。诗、礼、乐三者是儒家教化民众的基础。

诗不值得我一骂。”[1]

~~~~~~~~~~~~~~

8月3日　克雷特山

蹲在阳光下，真惬意啊！
护裆和草屐

色——物归其位
舍，即空
　　　　这些冰蚀的峡谷
　　　　草木丛生
　　“蜂后在此！
　　　　　跟我来！”

〔1〕 此句引自乔叟《坎特伯雷故事集》之《托巴斯先生的故事》。
~~~~~~~~~~~~~~

或者，娶妻生子，
　　以技果腹，
　　伴海而居。

魁北克　三角洲　04　BLACK

希金斯山呼叫皮尤山（完毕，请回话）
　　“刮东风或东北风时，
　　烟囱里的烟跑得满屋都是。
　　刮西风时，柴烧得充分。”

希金斯山联络人读新闻：
　　“有飞碟伴着一团旋转的黑带
　　在南方缓缓移动。
其他星球在监视我们？”
岩石是有生命的，而非荒芜的。
　　花儿　苔藓　白皮松　花栗鼠　老鼠
　　甚至草。

——我先是打开无线电装置

——接着，泡茶、吃早餐

——学汉语至11点

——做午餐，砍雪，融化后取水，

午后不久，读乔叟的作品。

“这是真的吗？

这是真的吗？

我的生活，是真的吗？”

——特林吉特人[1]或海达族人[2]的歌谣

“隐秘湖呼叫索尔道山”

——“索尔道山收到”

---

〔1〕 特林吉特人，指阿拉斯加南部和英属哥伦比亚北部沿海地区以航海为业的美洲印第安人。

〔2〕 海达族人，指居住在夏洛特皇后(Queen Charlotte)群岛、不列颠哥伦比亚省、威尔斯太子岛南部及阿拉斯加的印第安人。

——“你在干什么？”

——“找一些旧杂志读读。”

8月6日

尽管山脚云飞，山顶云绕，我还是能看到贝克山[1]、恐怖山和舒克桑山。云雾顺着众山和三指杰克山[2]的山脊消散开来，萦绕在座座山谷间。巴克纳波士顿峰的山脊清晰可见。

整个冬天会发生什么。风吹雪动。云雾弥漫，寒风呼啸，山峰显露——周而复始

〔1〕 原文所用为Kulshan，是原住居民努克萨克印第安人对此山的称呼，意为“伟大的白色山峰”或“陡峭的山”等。1792年，乔治·温哥华远征军里一位名叫约瑟夫·贝克的海军中尉最先看到了它，“贝克山”之名就一直延用至今。

〔2〕 三指杰克山，Three-fingered Jack，因其独特形状而命名。

这样的场景不停地出现着，

一幅少女胴体图挂在巡视窗口，吸引着人们的目光。自然对抗自然，美。

两只蝴蝶
一丛寒冷的
山花。

坐禅　了无生机的。 观山是一种艺术。

靠在门口吹口哨
一只花栗鼠跳出来
聆听

8月9日

索尔道山：杰克，苍蝇是不是导电体？（完毕，请回话）

荒野峰：苍蝇？你还在设法电死苍蝇？（完毕，请回话）

索尔道山：是啊。我能让它们抽搐一会儿。放了5节6号电池。（完毕，请回话）

荒野峰：我不知道，舒伯特（Shubert），继续尝试吧。完毕。

8月10日

先写了首俳句，并为之作了一幅俳画；接着，修理了六字大明咒经幡旗，随后，建了一个石台，刮出一道缝，在上面画了幅禅画，开始学禅。

一只蝴蝶
　　从花上惊起
被一阵风扫下悬崖
　　　　碎石

暴风雨来临之前，大量的沃氏雨燕[1]循着弧线飞行着。它们飞得很低，连翅膀的呼啸声都能听到。

“弟子恪守道家戒律，证悟，却陷入迷途。”

夏天，

西坡上　河床灌木丛生
山脊北坡，陡峭　仍被积雪覆盖

干涸的山丘上崩石依旧，旧烬犹存。

（在旧金山：我住在蒙哥马利街排水口——一条长

---

〔1〕 沃氏雨燕，Vaux Swift，一种小雨燕，生活在北美及南美北部，以美国科学家威廉·桑塞姆·沃克斯命名。

长的碎石坡的坡顶，正好位于一座悬崖下。）

坐在门口的阳光下
用金雀花的梗剔牙
听苍蝇的嗡嗡声。

8月12日

走访了一整天。穿过冰川，进入了恶魔公园，到了羊营。一丛高山冷杉下搭着个帐篷；牧场上有许多马和羊。

从事着孤独的行业。

霍尔瑟斯（Horses）耐心地站着，屁股对着风。
——他把自己最后两支雪茄给了我一支。

封口盖下面的图案，在阳光的照射下闪闪发光。

（体验！那种雪茄。）
接着，那些可怜兮兮的孤独的瞭望员们，来回拨弄着无线电装置。

结束一整天的行程后，来到了山脊，
循着鹿的踪迹
走到了五个小湖。
在这个时代，道德律令就是交流。
沏茶。

少些人工制品，少些言语，
缓缓地活在当下
是消除执念的诀窍。

索尔道山向所有森林灭火员发出无线电波：

“你们马上就到了

走上悬崖

穿过落石

找一棵着火的大树

[两名登山者在斯图尔特山被闪电击中身亡]

“你们在木台子上

还是在悬崖峭壁上？

请回答，布鲁贝尔（Bluebell），你们在哪儿？

右边的一大块树莓和桤树”

——必须看一下。

8月15日　克雷特山

当内心疲于万象时，就会虚构出一些来。

她点了橙汁

亮铭餐馆，凌晨2点

其余的人都在喝咖啡

只有一个人带了橙子汽水。嗬！

深夜，眼睛疲劳，茶壶空着，烟受潮了。

昨晚几近“无我”之境。有人认为：“我从某种普遍的、无差别的事物中来，要回归‘无我’。”事实上，他从未离开“无我”，也就无从回归。

语言慢慢消失。模糊的意象。

“那种包含一切变化的事物从未改变。亘古未变，时间没有意义；没有时间，空间消弭。如此，万物皆空。”

“须菩提，若菩萨有我相、人相、众生相、寿者相，即非菩萨。”[1]

你是菩萨[2]，
我是出租车司机
载你回家。

不寻常的多层状变质岩。白蓝相间，云一样向外舒展着。要想在这里熬过冬天，就要学会吃草，学会在大雪覆盖的岩洞里生活。

寂[3]**：**人们并没有大量的东西去给予。人们可以给予的已经被磨砺、完善至一种无意识的空虚。贫乏带来创造力，它没有矫饰，涵盖一切。

禅宗思想，对吧？

〔1〕 引自《金刚经》。
〔2〕 原文用的是日语单词Bosatsu。
〔3〕 寂，Sabi，原意指“寒”“贫”“凋零”。在禅宗中，安于简陋被认为是一种美德。日本的“侘寂”（wabi sabi），是一种思想，一种美学，一种世界观。简单来说，它指的是一种直观的生活方式，强调在不完美中发现美，接受自然的生死循环。

8月21日

给工具点了些润滑油，放好。（制造物或者工具：现在有了一个话题。）
暴风雨到来后，浸泡了南墙，模糊了群山。无论从哪个角度看，山脊都是新的。还是发现了新构象——每只兔子都有其祖先，可岩石还是原样。

在岩石圈或者岩石周期变化的构造中，只有最小比例的结构同源于生命的元素磨砂成粉，混合在一起。
化学反应是一种感知？——贯穿所有的运动和反应，物体作用于物体。有太多的时间让一切发生：吞下自己的尾巴[1]。

〔1〕 咬尾蛇的象征意义多为“循环”、“无限大”和“一切”，名字涵义为“自我吞食者”。

8月24日　迪亚布洛水坝

巡护结束后，我冒着暴风雪从克雷特山下来。同花岗岩溪防护站的巴克斯特一起到迪亚布洛水坝取更多供应品。岩石上有浮云;雨下了又下。明天我们会往包里装满食物，回到花岗岩溪。

9月13日　旧金山

男孩们骑着自行车，像贪玩的海鸥或燕子一般在沥青操场上漫无目的地拐弯、转圈。刚停下来的汽车的味道。

二、索尔道山

1953年6月27日　马布尔山护林站

上周，那辆老爷车设法开上了马布尔山，然后到贝克山待了一周。期间，虫子叮咬，阴雨缠绵，噪声不断。

林业局的经营理念：要对自然持有乐观的看法——民主而实用。“自然是理性的。”人与自然是平等的，如果友善地对待它，它每年便会生产出十亿板尺[1]的板材。势利的林业局会是什么样子？人类陷阱？

森林等同于庄稼，风景等同于消遣，公众等同于财富。店主的自然观。

---

〔1〕 板尺，北美板材的体积单位。相当于1英尺长，1英尺宽，1英寸厚的板材的体积。

普瓦斯基先生[1]万岁！那种锹背单刃手斧(Pulaski Tool)就是以他的名字命名的。

——铁炉子、窗户还有树。“是，或者不是，我的头脑足够清醒。”[2]可以理解为，你不必去想你在做什么，因为你*知道*自己在做什么。

J.弗朗西斯(J. Francis)：“我该结婚吗？婚姻意味着一栋房子，意味着未来要上三十年的学校。”

当心！

老麦圭尔(McGuire)和1926年火灾：吞噬了斯卡吉特河上游4万英亩的峡谷，形成了3英里的条形烈焰。现在，我打算擦洗下衣服，和杰克一道去世德罗—伍利。[3]

〔1〕 普瓦斯基先生， Mr. Pulaski，1868—1931年，美国爱达荷州护林员，设计了形状像双口镐，一头是锄，一头是斧的专用荒地防火工具，用来挖掘防火沟。

〔2〕 此句引用的是埃兹拉·庞德的诗歌“Sub Mare”开头两句。

〔3〕 世德罗—伍利，Sedro-Woolley，美国华盛顿州斯卡吉特郡的一个城市。

6月28日

休息一天。去了贝灵汉姆[1]，并来到了古斯伯里湾（Gooseberry Bay）——鲁米印第安人保护区（the Lummi reservation）。路过了一个棚屋，里面放着三艘长长的雪松木板做成的独木舟。最后，我们来到了鲁米岛渡轮停靠的地方。这里几乎算是路的终点了，不过我们还是可以稍微往前开点。我们就是在这时穿过了贝冢[2]。之所以要经过贝冢，是因为那条路恰好从贝壳、牡蛎等贝类外壳中穿过。正看着的时候，某座房子里的一位女士冲我们喊叫起来。走近些后，她说如果我们对贝冢感兴趣，就去后边“看看我们挖出它的地方。”我问她住在别人古老的剩食堆积物上是什么感觉。她说她有时会觉得有点好笑。然后我说，这里大概已经沉淀了3000年了，不过有可能完全搞错了。这座贝冢长325英尺，宽45英尺，高10英尺，上面放着一个约

〔1〕 贝灵汉姆，Bellingham，美国华盛顿州西北部港市。
〔2〕 贝冢，Kitchen Midden，古代人类居住遗址的一种，以包含大量古代人类吃剩抛弃的贝壳为特征，又称贝丘。

110年树龄的雪松树桩，来表明它（至晚）是什么时候形成的。这里堆满了牡蛎、奶油蛤、鸟蛤、贻贝、蜗牛和各种各样的贝壳。

我们原路返回。开到贝灵汉姆郊区的时候，杰克把一个叫“椰林”的破烂酒吧指给我看。他说，他过去曾和一群“粗俗的人”聚在那里喝酒。他们一杯接一杯地喝啤酒。他们不管那里叫“椰林”，而是叫它“猫眼”。

贝灵汉姆郊区，直至西边普吉特湾[1]水域和圣胡安群岛[2]的上空，天色晴朗；而斯卡吉特和北喀斯喀特[3]的大片山野，则被漆黑的云笼罩着。我们驶出99号公路，朝那个黑压压的湿洞开去。刚开到那条路上，果然下起雨来。世德罗—伍利的一家咖啡馆的标牌上写着“不向印第安人提供饮品”，不过，里面有很多印第安人。现在是摘草莓的季节，下周是伐木大赛[4]。大约8点半，回到了马布尔山护

〔1〕 普吉特湾，Puget Sound，位于美国华盛顿州西北部。

〔2〕 圣胡安群岛，the San Juan Islands，在普吉特湾北部，临加拿大边界。

〔3〕 北喀斯喀特，North Cascades，位于美国华盛顿州西北，北面与加拿大接壤。

〔4〕 伐木大赛， Loggerodeo，每年夏天都会举行的庆祝活动，始于20世纪30年代中期开始。比赛包含滚木、锯木、砍木和木雕等众多小项。

林站。在简易屋里发现了一本杂志，上面有篇文章，介绍了一个18岁的女孩，能舞能画、会写作、懂缝纫不说，长得也漂亮，还附上了大量照片。

新闻报道：一个住在达灵顿的焦油脚人[1]是个伐木工，他有只可爱的狗。一天，他外出去炸鱼——他将一串火药点燃，趁它快爆炸之际扔入水中。那只狗跳进水里，找到了炸药，将它衔了回来。伐木工爬到了一棵树上大喊：

——放回去，快！接着，炸药爆炸了。焦油脚人现在还瘸着。

——布莱基（Blackie）。

——还有一对新婚夫妇，反锁在房间里4周了，最后，当朋友们破门而入时，看到两个蠢货正颠来倒去、翻云覆雨呢。

---

〔1〕 焦油脚人，Tarheel，美国北卡罗来纳州(Tar Heel State)人的绰号。

6月30日　红宝石溪防护站

小船行驶后的泡沫尾迹的确像葛饰北斋[1]画中的水。水的流动精确而湍急，结构清晰。瞬息之间，定格成特有的形态。

四头骡子：特克斯（Tex）、巴尼·奥德菲尔德（Barney Oldfield）、麦特尔（Myrtle）、布鲁杰（Bluejay）。

四匹马：威利（Willy）、史基瑞（Skeezix）、布拉兹（Blaze）、梅布尔（Mabel）。

---

〔1〕 葛饰北斋，Katsushika Hokusai，1760—1849年，日本江户时代的浮世绘画家，其绘画风格对后来的欧洲画坛产生了巨大影响。

1953年7月17日　索尔道山瞭望台

海拔：5977英尺

“我见过的最菜的小伙子。我告诉他这样的海拔是没法儿煮豆子的，他得煎才行。离开时我说，现在，小心点，煎豆子得盯紧了，别撸太多管！他一本正经地回答说，哦不，我不会的。哈哈哈……”

“煎完豆子他打算煎鸡蛋，结果，鸡蛋抛起来后，没照准锅，没照准炉子，直接掉到了脚上，他不知道该撒腿就跑，还是等着被揍瞎，妈的！”

“刚刚和菲尔·惠伦[1]通过无线电取得联系。他现在在索克瞭望台。”

骑着“油漆”威利来到了这里。威利是头招人喜欢的白眼小马驹，走在岩石和雪地上时，格外小心。我得牵着它穿过索尔道溪的急流。马从侧面看挺

〔1〕 菲尔·惠伦，Phil Whalen，1923—2002年，美国著名的禅宗诗人菲利普·惠伦。

高贵，不过，从正面看，它们无疑是愚蠢的。骡子天生就蠢——只要我们一停，麦特尔就开始踢布鲁杰，布鲁杰就去踢巴尼，还都使着**蛮劲**。不过，特克斯表现很好，既没有踢其他骡子，也没有被踢。给威利钉蹄铁你得猛拉它，要用到铁砧、钉子，要三人上阵，大汗淋漓，交织着呻吟和咒骂。布莱基用锤子猛击它，与此同时，罗伊扭紧它的鼻子，确保它不出状况。〔1〕

索尔道山瞭望台是观测浮云变化和积雪渐融的好地方。花栗鼠把自己关在这里。我想嘘走它，可它却躲到了角落里。最后，我整理螺丝的时候，它出来了，爬上了水桶——我想它是找水喝。它脸朝下，仅靠两条后腿紧抓着水桶边缘，身体在里面，过了很长时间，终于掉了进去。把它捞出来时，水花四溅。要是周围没人，它可就一命呜呼了。

久久地瞭望着克雷特山，忽然有了一种奇怪的感受，好像此时此刻，我就站在那里瞭望，“因为山里没有日历”——光与云的交互，混沌的完美，神

---

〔1〕 扭紧马鼻子，让马觉得不舒服，可转移它对身体其他部位疼痛的注意力。

奇地交织在一起。

7月19日　索尔道山瞭望台

6点差一刻时起了床。风仍旧刮着，吹着薄雾穿过树林，拂过积雪。在雪地边缘的水坑里洗了脸——那水坑由白色的石头围成，四周生长着一圈石南花。将单工天线架在一根长杆上——那长杆是过去几年某个瞭望员竖起的，长杆上，木条、大枝和树干上都接着天线，绑在一起。用半个装橘子的旧箱子做了个架子，存放文件。关掉了无线电接收器。沿着山脊走着，上面均匀地覆盖着一层雪——山脊北坡积着雪，南面则是草地和树木。草地上有几处小池塘，不远处，正好就是大片雪地、高山铁杉树丛和高山冷杉树丛，以及寥寥几棵阿拉斯加雪松。

返回后，生了火，记下了天气。六点左右，两头雄鹿走了进来——一头是三叉鹿，另一头是四叉鹿，格外警惕地啃着越橘果和燕麦片，吃着我扔掉的发了霉的小块熏肉。它们的毛发蓬松而纤细。凌厉的风将薄雾吹过了山脊边缘，它们一会儿矗立在风中，一会儿又站到雪地里，暗淡的身影在白雪的映衬下，显得格外清晰醒目。云不停地变幻着，先是完全笼罩下来，不久，又飘去了金字塔峰或雷鸣溪上空。不过，风依旧刮着。

现在，我已经吃过晚饭，往炉子里添满了弯弯扭扭的多树脂的高山冷杉树枝。树丛渐渐变成了灰色，越来越暗。南窗外，岩石上的石英脉看上去就像撒了一层雪似的。岩石脚下，高山冷杉顶端粗枝上的球果，好似一群深紫色的，直挺挺的，芳香的林伽[1]，肉感而坚硬。

无线电频段的瞭望员自由交谈时间：索尔道山呼叫贝克山，教堂山呼叫了索克峰，希金斯山正在和矿工脊通话。该点灯了。

---

〔1〕 象征湿婆神，“林伽”是梵文Lingam的音译。

7月23日

大部分都是多云天气，偶尔云会散开，露出山峰来。洛根峰、巴克纳峰、波士顿峰、莎哈勒峰、雪顶峰、金字塔峰、粒雪峰、绝望峰、恐怖山、狂怒峰、挑战者峰，乃至更远处的堡垒峰和冰河峰。还有尖火石山以及三指杰克山。此刻，俯视斯卡吉特，粉红色的云团——玫瑰花水的淡粉色，以柔和的灰色和淡紫色做底色，混合着淡红和淡蓝的色泽，正笼罩在金字塔峰上空。

《黄檗传心法要》[1]读得我心焦灼。真晦涩啊！

〔1〕 Huang Po doctrine of Universal Mind，黄檗，是唐朝福建福清僧人，幼年在本州黄檗山出家，后成为一代高僧。

7月25日

昨晚，雷暴。下午晚些时候，一团柔软的积云飘荡在小海狸溪上空，随后，云层越积越厚，越变越黑。一阵冰雹短暂掠过此地，转眼去了雷鸣溪溪谷——灰色的冰雹碎长条缓缓坠落，在风中转了方向；与此同时，阳光正从红宝石溪的上方直射下来。尖火石山上空是天鹅绒般的深蓝色，随着太阳落到了恐怖山后，下面的云团烧成了绚丽的红色和粉红色，黑色尖火石山后的乌云也被镶了一道红条纹。闪电从尖火石山慢慢西移，进入了红云。那红云先是变灰，继而又成了黑色。起风了。片状闪电在小海狸溪上空来回闪烁，叉状闪电袭击着海狸隘口。

今天早上，骤雨突袭后，浓雾弥漫。一头雄鹿受到惊吓后，迈开僵硬的腿，跳跃着逃离了雪地。它的头高昂着，每跳一步，蹄下都扬起雪沫。

8月9日

索尔道山通过无线电回答伯恩斯山：

接收：雷·帕特森（Ray Patterson），区助理，早冬护林站

发送：尤德·龙摩尔（Jud Longmoor）

> “基特（Kit）、泰德（Ted）和拉奇（Lucky）穿过了欺骗海峡，很可能前往机场了。给马系了铃铛，但没有绑马腿。马匹是8月3日晚上，从鱼营那边出发的。沙尔溪那条路现在没法走。到了8月5日，周四，贝克山的畜群会把我们驮到牧师隘口。肯恩·汤普森（Ken Thompson）会带着畜群和鞍马来接我们去洛林，这样一来，我们就有驮运装备和马鞍了。”

雷暴再次来袭：黄昏时，长长的锯齿状闪电最先出现在恐怖山和狂怒峰后，随后，它来到了下面的雷鸣溪。电闪雷鸣引发了火灾，红花般在夜间绽

放着。浮云飘荡而至，将花火遮掩。

克己自律很简单；它是清晰的，否定性的，通常建立在一些公认的文化价值观上。遵从内心，永远随心所欲地做事，是最难的。它以动机的自我认知为前提，小心地权衡了自由行动与文化禁忌，即知道了某一特定欲望是本能的、文化的、个人的，是思想及冥思的产物，还是潜意识。布莱克的格言：若感知之门被清扫，万物就会彰显其本尊，直至无限。因为人类已经关闭了自我，一切所见，皆靠所处洞穴中的一道狭窄的裂缝。啊！[1]

懊丧的大黄蜂翻转过来
颠倒身体费力爬上花心

〔1〕 Blake，指 William Blake，1757—1827年，英国诗人、画家、雕刻家，是浪漫主义文学代表人物之一，也是英国诗歌史上最重要的诗人之一。这几句引自他最伟大的作品《天堂与地狱的联姻》。

狂怒的隐匿的嗡嗡声

在又冷又甜的花茎附近响起。

在一种审美体验被否定且已萎缩的文化中，真正的宗教狂喜实属罕见，智慧的快乐被人鄙视。性成为大多数人唯一的个体顿悟，文化对浪漫爱情的兴趣浓厚得令人震惊。

腿毛的好处：蚊子和鹿虻靠近皮肤的时候，得拨开腿毛，届时，被咬的人已经知道了——虫子死期到了。

(一个空水杯和一个虚无的宇宙一样空)——书桌在铅笔下面。

8月12日　索尔道山瞭望台

下午3:55　荒野峰报告本地天气。

4:00　索尔道山开始呼叫马布尔山。

4:00　山姆·巴克(Sam Barker)寻求援助:“多利(Dolly),打电话给康科德(Concrete)的医生,让他到罗克波特来。这儿有个人受伤了。”

4:01　马布尔山:“到哪里?”

4:01　山姆:“到天空溪来。斯托达德伐木队的一个人。”

4:01　马布尔山:“好的,山姆。完毕。”

4:10　索尔道山给马布尔山报告本地天气。

4:11　山姆:“多利,电话打通了吗?”

4:11　马布尔山:“你是说叫医生的事?”

4:12　山姆:“对。额,那个人死了。”

4:12　马布尔山:“他是谁?”

4:12　山姆:“我不认识,他们叫他普里彻(Preacher)。”

4:13　有人呼叫马布尔山,听不大清。

4:13　马布尔山:“天空溪,我不认识叫普里彻的人。”完毕。

8月14日

11点半，隐秘湖发现一处在冒烟。他无法向马布尔山上报冒烟的方位。我也看到冒烟了，就上报了我的方位读数。接着，北喀斯喀特山其他所有的瞭望员都看到了——一柱浓烟升腾在贝克河区的嘈杂溪和隐秘溪之间。

菲尔（Phil）在索克山忙着呼叫达灵顿和马布尔山的消防值班组。接着，巡逻机飞来察看情况，得出结论说大约6英亩的高山林木着了火。卡车已经离开了，厨师威利也得走。飞机飞来，给消防队营地空投了一些救济物资。

不要成为登山者，要成为山。

用雪崩将一些登山者摆脱。

索尔道山位于下列六座峡谷的中央：斯卡吉特峡谷、雷鸣溪峡谷、红宝石溪峡谷、斯卡吉特上游峡谷、皮尔斯溪峡谷和斯坦塔托峡谷。

~~~~~~~~

8月20日

裙子被风吹着，贴到了她的屁股、大腿和膝盖上

头发掠过了耳畔

穿着高跟鞋爬上了陡峭的山

（鹿是为盐而来，不是为我）
~~~~~~~~

——《孝经》中提倡以儒治国，*它认为国君应该给予足够的正义和食物来防止革命，当然，国民最后肯定还是受他掌控。“如果你保持足够低的税收，国民就不会造反，你就能变得富裕。”反对这种观念的——秦朝的法家（治国），或许还有王安石？

这是汉语方面；此外，还通过阅读布莱克作品集，梭罗的《瓦尔登湖》，画水墨画来打发时间。

自然是一套庞大的习俗，它完全是变幻莫测的，它的形态和压力每个瞬间都在形成；它能随时消失不见，仅仅以戏剧的形式继续：宇宙的（cosmic）/喜剧的（comic）乐趣。

“因为在这个时期，诗人的工作已经完成，所有的重大事件都已经开始，并孕育在这样的时代，一会儿功夫，动脉已搏动。”

——真正的顿悟。洞察到了盘旋在

* 《孝经》推崇以孝治国，而孝是儒家伦理思想的核心。

虚空世界和巨大的创作世界之间的激情。用女性形象去代表般若是正确的。爪哇的女般若雕像。

~~~~~~~~~~~~

8月22日

老罗伊·雷德蒙(Roy Raymond)爬上山来看我。大约中午时分来的,我那时在砍柴。我们一下午都在用拖鞋玩掷蹄铁的游戏。今天早上玩扑克牌。

“几年前我老婆去世了。我卖掉了房子和家具,到现在,我全部家当都能塞进一个小提箱里。朋友们问我为什么把东西都卖了。见鬼,留着有什么用?我不会再结婚了。”

所以,他在山里度日——干建筑、林业、采矿
~~~~~~~~~~~~

方面的活儿；去阿伯丁[1]过冬。

荒野峰的金姆（Kim）通过无线电（夜间）朗读了《读者文摘》上的几篇生动演讲和顺口溜，那几本杂志是他在瞭望台找到的。

8月31日　罗斯湖防护站

周五早晨，下了雪。暴风雨从加拿大横扫过来，席卷了整个北喀斯喀特。布莱基发出无线电波让我下山。盘点了一上午。拉下窗户。得把很重的垃圾打包带下山去。大约85磅。

林业局漂浮在罗斯湖上：所有的一切都在一只大筏上，波状的墙壁和屋顶。门廊里有一堆柴火。一个放着横截锯、纵切锯、大钉和木材的浮动船坞。绿色的登陆艇停靠在一端。主筏的门有船

〔1〕 阿伯丁，Aberdeen，美国马里兰州西北部的城镇。

只那么大，里面堆放着各种工具、床和杂货。甲板中央是大型的柴油机缸体，旁边放着一把电锯。紧接着是一张简易床，金姆躺在上面。未上漆的墙上挂着几个架子，上面有大米、咖啡和煎饼糖浆。绳索、虎钳、电线摆放在工作台上。一个装满了腌肉和火腿的滤网冷却机。之后，可以进入同一屋檐下的另一房间。那里漂着巡逻船，溢满了水面发射来的绿光。主筏边缘放着几捆干草和几桶柴油。放马的筏子停在外面，上面布满了稻草和马粪。天气晴朗又多风。水拍打着木头。

9月4日　全体人员在大海狸溪上游一起干活

一棵巨大的雪松倒下后，横亘在小径上。我们横锯掉部分树枝后将它楔入地里。金姆在安迪（Andy）脚下发飙："把你那该死的屁股从上面挪开，他妈的北欧佬，你找死？”

当晚，我们在庇护所多做了一大罐巧克力布丁，安抚了下金姆那颗受伤的心。

瑟基·米尔科斯（Surge Milkers）说：“这人有一头很好的棕色**小母牛**，产奶很多。一天早上，他将挤奶器安到它身上后，就回屋了。他睡着了，睡了一个小时。两天后，那头**小母牛**患上了乳腺炎。”

9月21日　左右　搭便车南行

乘着月光，从斯凯科米什[1]过来。坐在敞篷车的后座，风吹打在毛毯上。清澈的天空变暗了，路沿着河岸的柳树和桤树蜿蜒开来，

〔1〕 斯凯科米什，Skykomish，华盛顿州国王县的一个小镇。

平坦的绿色原野伸向前方。远处是被冷杉覆盖的山丘。沿途可见深色的新旧谷仓，还有一些不断晃动的银色谷仓——

屋顶又高又圆的新谷仓。

~~~~~~~~~~~~~~~

1953年10月1日　伯克利[1]

“我来这里为《启示录》

做一些预先安排。

口袋里有沙子，头发上有沙子，

掉进海水里的烟

在阳光下开始变干。

在偏僻的地方

在非常冰冷的水——溪水或浪花中

〔1〕 伯克利，Berkeley，美国加利福尼亚州西部、圣弗朗西斯科湾东岸丘陵地上的城市。
~~~~~~~~~~~~~~~

游泳，

是乐事一桩。”

在加纳利松树下

坐禅、吃午餐。我们都是不朽的

地面是潮湿的。

2. 书评两篇

一

《太平洋西北地区印第安人的传说》，作者艾拉·E.克拉克（Ella E. Clark）。（加州大学出版社，伯克利分校和洛杉矶分校，1953年出版。）书中插图由罗伯特·布鲁斯·英弗拉洛蒂（Robert Bruce Inverarity）所绘。

克拉克女士已提前准备好应对专家们的吹毛求疵——她在书的前言部分就已宣称，这本书绝对没有采用“社会学或人类学”的方式去写。她从俄勒冈州和华盛顿州的印第安部落收集了一百多个传说，其中四分之一来自民俗学的作品集，四分之一是由他人提供的信息，剩下的一半来自传教士、旅行者和军职人员等人的作品和手稿。无可否认，该书不能代表太平洋西北地区系列口头文学作品：“……我的主要目的是写一些广大读者爱看的太平洋西北地区的神话和传说，供读者消遣，或是了解一种对他们来说陌生的美国生活方式。”其结果是，整本书几乎围绕着地形学和自然现象展开，一大半内容都集中在当地的小传说和解释性故事上，剩下的内容包括“郊狼变形者”的神话、一些危险故事、两个版本的《星星丈夫》和其他无关痛痒的故事。该书分为五个章节：“山的神话”，“湖的传说”，“河流、岩石和瀑布的故事”，“宇宙、天空和风暴的神话”，以及“各种各样的神话和传说”。所涉及部落几乎对半分布在内陆和沿海地区，其中雅吉瓦人以八个传说领先，描写奎尔尤特人的故事有七个，其他的三十六个部落，每个部落平均两三个故事。书中还有十五个故事，没有列出来自哪个部落；另有五个故事被归为“各种各样的部落”的范畴。该书提供了参考书目、术语表和资料来源。

考虑到本书的五类划分，以及遵循地理脉络而非文化脉络的编写方式，克拉克女士已经将整本书不可思议地糅合在了一起。通过前言及对五个部分的绪论，她将乌鸦、郊狼、恶作剧者和冠蓝鸦统一定义为“变形者”，并设法将沿海印第安人部落和高原印第安人部落的文化差异减到了最小。她重写了大部分故事，使全书在风格上得到了统一。她倾向于对原材料来源做略微夸大的描述，还插入了一些没有列出来源的材料（可参考她写的小城斯诺霍密什的故事《为什么河流只朝一个方向奔去》），增强了那些五花八门的故事的凝聚力。有读者会觉得"大神"[1]出现得太频繁了——尤其读前半部分的时候，不过，这可能是因为，她写的那些当地传说很大程度上都源自早期的非人类学材料，而它们已将印第安民俗学浪漫化了。尽管让广大读者了解这么多可疑的原始材料有些冒险，但对民俗学者来说，本书最大的价值或许就在于，它的确通过挖掘那些不被关注和鲜为人知的材料，将各种小故事汇集到了一起，为与常规的人类学故事集进行比较提供了依据。

广大读者到底会多喜欢这本书，则是另一个问题。令我无法相信的是，就连太平洋西北地区的土著人都更愿意去读一些关于本地山峦湖泊的短小趣闻，而不是那些极富想象力的超自然故事，以及克拉克女士只字未提的人兽通婚的故事。此外，对文学感兴趣的读者在"山的神话"一章读到莫多克人关于印第安人超自然起源的神话——因为这

---

〔1〕"大神"，the Great Spirit，北美许多印第安部落崇拜的神。

个故事顺便提了下沙斯塔山，或者在“河流、岩石和瀑布的故事”一章读到克拉马斯人的“郊狼杀怪兽”[1]（通过被怪兽吞进肚子）的故事——因为这头奇特的怪兽碰巧住在哥伦比亚河时，禁不住会感到困惑。克拉克女士是华盛顿州立学院[2]的一名英语老师，她可能在英语文学专业术语的问题上会一丝不苟，可书中前三部分的标题，完全是为了押韵而起，此举看起来可是相当随意啊。

该书上市后，人们可不能指望这本带有拉伯雷式达达主义[3]意味的书，能够成为太平洋西北地区最佳的口头文学读本。但是，我们应该期待有朝一日，一本按照文化区而非地理区的脉络进行整理，对不同流派加以区分、不同风格加以刻画的西北沿岸文学作品选集，能够呈现在聪明的读者面前——一本包含着原始版本的智慧、感染力和活力的书。要写这样一本书，

---

〔1〕 郊狼在怪兽肚子里发现了许多昔日被吃掉的野兽，它在水怪心脏下面升起一堆篝火，冻僵的野兽都聚来取暖。郊狼抓起尖刀，把水怪的心头肉割下来烤给群兽吃。群兽饱餐一顿后，帮助郊狼割断了水怪心脏与全身连接的血脉，水怪的心脏掉进了火里。

〔2〕 华盛顿州立学院，Washington State College，即后来的华盛顿州立大学。

〔3〕 拉伯雷式达达主义，Rabelaisian-Dadaist，斯奈德此语来讽刺该书粗俗滑稽，随性而为，不理性不严谨。

保罗·瑞丹*的《*钦西安神话学*》(Tsimshian Mythology)、格拉迪斯·阿曼达·赖卡德[1]的《*科达伦神话解析*》以及戴尔·斯基尔(Dell Skeels)未发表的关于内兹佩尔塞人口头文学的优秀论文(华盛顿大学)都可拿来参考。遗憾的是,克拉克女士并没有用上它们。

写于1954年　秋

* 保罗·瑞丹,Paul Radin,1883—1959年,美国人类学家、民俗学家的《温巴哥的英雄周期》(Winnebago Hero Cycles)、弗朗兹·博厄斯(Franz Boas,1858—1942年,美国著名人类学家、美国历史地理学派奠基人、人类学鼻祖)。

〔1〕 格拉迪斯·阿曼达·赖卡德,Glads Amanda Reichard,1893—1955年,美国人类学家。

二

《印第安人的故事》，作者杰米·德·安古洛（Jamie de Angulo），卡尔·加摩（Carl Carmer）作序。（纽约：A.A.温[1]，1953年出版）

小部分人能使用到大量的美洲印第安人民间故事，它们由严谨的学术翻译而来。其中大部分故事都引人入胜，就连那些执迷于人类学数据或寻求某种全球主题的学者都不知不觉地被吸引了。即便如此，人们依然能觉察到这些故事都是笔述的、翻译过来的。杰米·德·安古洛的这本书，既不是人类学，严格来说，也不是民间故事的翻译，而是彻底的印第安式的、口述的故事，是非笔述的。

整本书围绕着一头熊和它的妻子羚羊、儿子狐狸小子及小宝宝鹌鹑的加利福尼亚北部的穿越之旅展开。在这些半人半兽相对真实的旅途中，八个

[1] A.A.温，A.A.Wyn，1898—1967年，美国出版商。

故事被一一道来。期间，随着亲友的加入，它们的队伍越来越大。

《印第安人的故事》本意不是让读者逐字阅读或将其当作文献。“几年前，我为我的几个孩子写下了这些故事，他们那时还小。其中有些是我虚构的，有些是我凭记忆写出的——至少部分内容是，我将它们穿插了起来。有些部分其实是我逐字翻译出来的。我把有些部落混在一起了……所以，别介意。”作者都这么说了，读的时候仍介意就显得无理了。但当那些对加利福尼亚民间传说兴趣浓厚、但受知识的条条框框限制的人读到该书时，他们的问题并不能得到解决。大体上他们读到的就是一个由印第安人讲述的故事。故事中，一些真实的人穿越目标区域进行了一次真实的旅行，而经过几代人的讲述后，那些人已经同传说中的半人半兽混淆到了一起。

我们根据库克苏族仪式中提及的雷神判断熊一家为波莫人[1]。它们的家有可能位于克利尔湖附近。它们都动身去拜访羚羊那嫁入鹤族的妹妹，并穿越了鹰族、燧石族、草族、火族和水族的地

---

〔1〕 波莫人，Pomo，指操霍卡语的加利福尼亚印第安人。

盘——这些人都无从考察。途中，郊狼爷爷、灰熊父女和一群羚羊加入了熊一家的队伍。它们到达了鹤族的地盘——它们无疑是尤罗克人，接着它们到了卡洛克人的居住地——克拉马斯河河畔的卡迪敏村，一个真正的卡洛克族的村子。它们在那里观看了白鹿皮舞和世界重生的仪式。羚羊对自己的妹妹感到失望，觉得它“……改变了太多，没完没了地谈论侮辱和侮辱的代价，以及钱和贵重的东西。”这次完全可靠的接触之后，队伍向西北进军。它们绕过了沙斯塔山，来到了传说中的草湖。这时，羚羊们离开了队伍，回到了它们山上的家。随后，它们掉头向南，顺着坑河来到了狼族占领的达尔木马村（达尔木马村是一个阿克马威人的村庄）。在这里，它们观看了狼和野猫（莫多克人）的格斗。之后，它们带着一个狼孩，踏上了归途。它们穿过了萨克拉门托河谷，进入了海岸山脉[1]。回到熊的领地后，狐狸小子参加了库克苏族的入会仪式。舒服地过了冬以后，队伍又开始北上。不过，在它们到达鹤族的村庄之前，信仰复苏了。狐狸小子开

---

〔1〕 海岸山脉，Coast range，北美洲太平洋沿岸山脉。

始变得更“人类化”(由于入会的缘故?),奇乐利(Kilelli)(新成员)成功地获得了一种“能力”,因为不再信任德·安古洛先生,狐狸小子和它的朋友金莺女孩终止了他的故事。

种种细节表明德·安古洛确实把一些部落混到了一起。不过,在“鹤族”的萨满教与“狼族”的治病方法的友好争论以及其他细枝末节上,还是泄露了大量的人类学事实。旅途中讲到的八个故事使这本书的结构显得更为复杂和混乱。其中有两个是创世神话,一个是郊狼爷爷讲的它的“文化英雄”祖先(或许是它自己,无法确定)的故事,另一个故事是一个狼人讲的,在它的版本中,郊狼是恶作剧精灵,银狐(一个阿克马威人的形象)则是创造者。其他的故事中有典型的北加州素材,但是在这些混合材料中挖掘部落的起源,乏味不说,也是徒劳的。人们会觉得,这本书是非常真实可靠的。

在文体上,大写、重复、模仿音的使用使叙事显得“口头”化。在某些地方,语言上仍存在不足,比如描写熊“笨拙地,像个老人一样”站起来时,就表现出了一种“文学”倾向,而这种倾向在临近书的结尾时变得更加强烈。书中穿插了一些诗和

"歌"。十页的《老郊狼的萨满歌》中就有很多小诗，它们既敏锐又浓缩，与俳句近似。

或许，书中最重要，当然也是最神秘的人物就是老郊狼。它被熊一行人从永恒的沉睡中唤醒了：

老郊狼正在山里睡觉。

老郊狼正在家里睡觉。

它的家在后面，在山的后面。

在山后面的一座小山谷，一座隐蔽的山谷里。

尽管加入了熊和它的朋友们的队伍，老郊狼却很少发言，只讲了两个故事。被问到它是不是就是故事中的那只郊狼，兽人和真正的人有何区别时，它回答说："……我是老郊狼，我很老了，有一千岁了。我知道前前后后发生的事情！"在这本极其令人愉快的书中，它的真实身份是耐心地倾听闲话，能够坐着不动、和其他人一起喝橡子糊、对事经久不忘的文化英雄：杰米·德·安古洛。

写于1954年　春

3. 初游日本

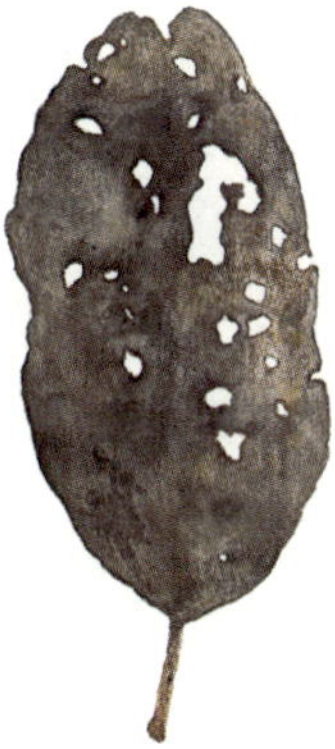

1956年5月7日 “石原汽船” 海上

北太平洋的红色软泥，只是鲨鱼的牙齿和鲸的耳骨。无尽的模糊不清的骨架，在海底沉淀着。

在两万英尺高的喜马拉雅山发现海相灰岩。

在白垩纪时期，格陵兰岛生长着面包果树、月桂树、肉桂树和无花果树。“风区长度”，即风浪未受阻扰所走的距离。

盐——硅藻——桡足类——鲱鱼——渔民——我们。吃。

突然闪过一幅温泉A营的伐木工们在木质营地小屋的黄松木壁龛做插画的画面。这样的事常常够我忙活一天。

任何单一或复杂的事物
简直都和整体一样伟大。

紫丁香和蜥蜴。海雾朝山下飘去。

因为地球是圆的,所以有了方。

1956年5月16日　海上

上弦月在海上沉没出一条光之路。木星伴着狮子座的镰形星群出现在西边,东边是天鹅座和天琴座。海豚座刚好位于笼罩着夜间地平线的薄雾之上。天蝎座的尾巴落在水中。

诗歌必须给人们提供机会——
去除社交生活的恐惧、拘谨和忸怩作态,中国诗歌就是那样。自然诗也是:“这就是我之所见。”随便用点技巧——措辞、虚构、象征、智慧,写出的诗歌就可以了，用得多了就幼稚了。

只是，我在这条食物链的什么位置？

红尾热带鸟飞翔在浮游生物的领地。劳伦斯[1]在《亚伦的仗杆》中写道："美国人和南太平洋群岛居民——马克萨斯人，流淌着毛利人的血。那是纯血统，它不会恐惧。"

"……你为什么不能更像那些你曾经说过的日本人呢？他们不屑于被爱。他们的神经总是绷得很紧，在那儿，脊柱的底部，他们获得了魔鬼的力量。"

他又说：

"爱情是一个令人费解的人类灵魂的过程：它是令人费解的，但仍然只是一个过程。这个过程最终会走向圆满，而不是走向身心俱灭的极度恐惧。

〔1〕 劳伦斯，Lawerence，1885—1930年，20世纪英国最独特和最有争议的作家之一。

爱情过程走向圆满，指的是男女双方均达到了一种简单、泰然自若的状态。唯此。”

～～～～～～～～～～～～

5月21日　海上进入神户

沿着和歌山[1]海岸航行：绿意朦胧的陡峭山丘，四周都是船，波浪冲刷着高昂的船头，新飞来的白腹鸟追随着波浪。清晨流逝，我坐在一艘救生船上，注视着土地飞掠而过。驶过了淡路岛（Awaji Isle），开源氏[2]的玩笑。进入了长长的烟雾弥漫的大阪湾，最后来到了神户——一艘又一艘的船——生锈的韩国小货船——到达码头。

一卡车贴有海关封志的物件在路上迂回前行着。还有火车。沿着轨道的是成千上万的拥挤的瓦顶屋，一块块有人照管的土地。哦——贫穷

〔1〕和歌山，Wakayama，日本本州岛西南岸港市。
〔2〕源氏，Genji，指《源氏物语》中的光源氏。

和小房子。

5月23日　京都

……这里的一些美国人说睡得少、饮食简单，如果你是个未知主义者，你会以为禅宗只是一种迂回的方式，让富人得以像劳工一样去生活。有些在美国的朋友很谦卑地表达着他们对达摩的兴趣，他们对自己的挥霍感到羞耻，吃着捡来的蔬菜和碎米饭，一晚上睡六小时，为的是啃书本和思考，从而能找到工作，娶妻生子。最后你不得不花30元钱去买一个冥思垫，这得多奢华！世界的禅宗中心正悄悄地向旧金山转移，在这里，禅宗是最活跃的——这些日本人可能被落在了后面（正如丰干[1]所言），他们“见之不识”。

〔1〕 丰干，Feng Kuan，唐代高僧，与寒山、拾得一同被誉为“国清三隐”。

5月25日

今天登上了比叡山。净土院，叫山门（Somon）的年轻僧人，最澄大师[1]的墓冢所在。山上阴凉处有一座凉快的木质结构的大型庙宇，散发着香味。一个穿着白色僧袍的僧人带着午餐餐盘过来了——泡菜、米饭和豌豆。随后，W和我去了主殿，看了最澄大师像，然后去了供奉着梦幻般的观音圣者的小神殿。

（对民间佛教类型来说，唯一真正危险的信仰是民族主义和国家信仰。）

接着，我们冒着雾雨，伴着蛙鸣往上爬，经过了一个柳杉锯木厂（从树基材来看，他们砍倒树的方式跟我们一样），来到了另一座寺庙。最后，在那之下

〔1〕 最澄大师，Dengyo Daishi，日本平安时代僧人、日本天台宗的开创者。

我们又发现了一座更大的刚刚重新油漆过的寺庙。我们走进去，点了蜡烛。日本树莺不是歌唱，而是喊叫。

6月7日

……人们开始认识到禅宗、华严宗和密宗中蕴藏的相互关联的真理。爱情关系中的布施是一个菩萨对于个人的恐惧性防御和利己主义的奋斗的放松，它不是用语言与对方沟通，对方也同样如此。“觉悟”（Enlightenment）是内在的放松和自由，它不只传递给人，还传递给全宇宙。“人、法”二空——只有当菩萨没有佛性时。[《楞伽经》（Lankavatara-sutra）]

禅宗以《华严经》为基础，是网络状的东西；密宗（日本）在个人层面上实践了“无障碍交流”——他人成了爱人，通过他，网络中的各种联系得以建立。禅宗可以直接通向任何东西——岩石、灌木、人类——禅师的存在就是帮助人们集中精力，看得更远，清空杂念——就像一把锋利至无形的刀。

密宗华严宗和禅宗在历史上就有着十分密切的关联。很久以前，这些哲学理念和实践就在比叡山完成了。

~~~~~~~~~~~~~~

一只蚂蚁正用舌头拖着一只濒死的苍蝇穿过长满苔藓的树林。

——梦见一个新的黑暗的工业时代：
污浊狭窄的街道，肮脏的建筑，脏兮兮的目不识丁的凶残警察——一个警察开着侧三轮摩托车，从一个在打斗中被打倒在地的肥胖工人身上压了过去。到处都是锡罐、垃圾和垂落的电线。
~~~~~~~~~~~~~~

6月15日

今天早上离开了寺庙，经过了一个小的狐仙庙，一个禅僧正在那里诵经。我听到了最古老的亚裔美国人萨满教的敲击声，那声音微妙而平稳。基本的经文。《佛教讲堂之肖肖尼语[1]篇》或《纳瓦霍人[2]创世神话之评注》。

---

〔1〕 肖肖尼语：美国西南部地区印第安人肖肖尼人所使用的语言。

〔2〕 纳瓦霍人，Navajo，美国最大的印第安人部落。

6月28日　高圆寺

进化适应能力的关键：生物体改变自身特性，而不是继续没有结果的竞争。

……伐木场的早晨，高空中的云朵向东漂移，鸟儿，晨曦洒在松树和柳杉上；所有人都起来干活。赵州禅师[1]说："我三十年纵马驰骋山水，随缘生活，想不到今天竟被驴子踢了一脚。"

——大脑和神经系统都是内褶外胚层：它是思想，但还是一种表皮感知。

祭坛供奉的是文殊菩萨金漆木雕像。你不仅

〔1〕 赵州禅师，Chao-chou，778—897年，法号从谂，是禅宗史上一位震古烁今的大师。他幼年出家，后得法于南泉普愿禅师，为禅宗六祖慧能大师之后的第四代传人。

能从它脸上看出“觉悟”，还能看出它是如何做到这一点的。禅堂中的老禅师雕像以人的形象展现出来，它们凭借意志、努力、多年的专注和奋斗得以开悟。从文殊菩萨的脸上，你可以看到它的开悟，凭借的是其出色的智慧和领悟力、不拘世俗知见和长远的历史视野。

在一间废弃的僧房中闲逛。那僧房有一种闲置的旧矿屋或是伐木屋的味道，里面有小伙子们留下的一橱子铺盖卷，一个装满了信、笔记本和封条的抽屉，落满尘埃和老鼠屎的杂志和咖啡杯等。

炊烟弥漫的昏暗的旧厨房，或许是寒山昔日干活儿的地方[1]。如今，人们将小麦粉搅成糊状，用手工压切面条机，就能做出面条来。

〔1〕 寒山曾在天台国清寺当过厨僧。

9月30日　京都

能剧[1]杨贵妃（Yokihi）——方士造访蓬莱岛（一个不存在的宝岛）的一幕，杨贵妃交给他一支簪子后翩翩起舞。镶金钻的三角头饰和花卉耳坠颤动着，即便贵妃一动不动。里面有个不易察觉的地动仪。美国能剧舞台：背景是沙漠和远山的图画？站在一条矮矮的长椅上合唱。或许不是长椅，而是一块真实的大卵石。

古代的妇女始终蹲伏在昏暗的烟雾弥漫的寺庙厨房，扇着柴火，擦着又脏又硬的地板——她们曾是某个仪式的童女吗？金光闪闪殿堂？——

〔1〕 能剧，nō play，又作noh play，源于15世纪的日本经典戏剧形式，以宗教神话为背景，融音乐、舞蹈、经诗、华丽服饰为一体。

自律对性格有害。

《你的手！伟大的无政府主义者！》[1]

“智慧和浆果生长在同一棵灌木上，但人们一次只能摘一个”——《爱默生日记》(不过我认识一个包装工，他能用嘴的一侧嚼烟草，另一侧吃越橘，而且两者从未混到一起过)。“极度隐秘的通道，从命运通向自由。”

10月6日

W有着艺术家的气质，集温柔、隐秘、敏感和守旧于一身。他微笑着走出来，一头金色卷发，一身黑衣，深深地鞠了个躬后，坐到了黑色钢琴前。

〔1〕 Thy Hand, Great Anarch，该书是印度著名作家尼拉德·乔杜里1987年以回顾反思的笔调所写。

他靠着之字形的金屏，弹奏起海顿（Haydn）的乐曲来。我接连几周都能听到他在临光院的房间里练习这个。天气炎热的时候，他醒来后会穿上牛仔裤，喝双倍量的咖啡。“老欧洲”高雅而激昂的音乐从他的禅指间流淌出来，流进了大厅那些穿着黑白校服、对文化充满渴望的男女生的心田。他们眼神犀利，充满了克制的愤恨。他们欣赏着这种美妙的音乐，心中的欧洲不再拘泥于从伊索作品到萨特作品的众多平装译本。一切都发生在这片雨水充沛、满是稻田和青山的土地上——安静的达摩流浪者想要流浪的地方。

10月24日

树叶开始非常缓慢地飘落。在落日时分蓝白冷云的映衬下，成群的小鸟啼叫着在松树上空来回盘旋，多么疯狂的交融——一群鸟成为一体。

将所有领域划为三个名字——“三界”[1]、“三身”[2]或“三世界”，或者如神话中，再进一步，根据原型表达的人格和关系来看待力量和相位。三个世界其实是一个，但从不同角度将其视为三个，所以女神是母亲，是女儿，同时也是妻子。因陀罗之网[3]不单是二维的，父亲、母亲和孩子的三位合一可表达神话或玄学思想的任何手法。

（当心任何承诺自由或觉悟的东西——热切而聪明的傻瓜的陷阱——狗的鼻子更灵敏——每个洞穴里的动物都能自圆其说。四分之三的哲学和文学都是那些人的言论——他们被骗进了笼子里，却试图让自己相信他们真的喜欢那笼子。）

近日情思萦
浓郁似夏草
刈除耙平之

---

〔1〕 佛教术语，指众生所居之欲界、色界、无色界或法界、心界、众生界等。

〔2〕 佛学术语，即法身、报身和应身。聚集诸法而成身，理法之聚集称为法身，智法之聚集称为报身，功德法之聚集称为应身。

〔3〕 Intra，古印度神话中印度教的主神，主管雷雨。“因陀罗之网”，也叫作帝释网，是悬于帝释宫之宝网，其网之线，珠玉交络，以此来譬喻物之交络涉入重重叠叠，无穷无尽。

未几复疯长

——大伴家持[1]

——想了两天的生态学、食物链和性。换个角度，把姑娘们看成母亲、女儿或是姐妹。古怪的转换。

11月13日

梦见古埃及神祇赛特[2]出现在我面前，念了一首长长的预言诗，诗的内容我忘了。

啊！缪斯女神乘着火一般的大车，以旋转的剑为裙，喇叭声响不停歇；啊！缪斯女神穿着灰色的

〔1〕 大伴家持，Yakamochi，718—785年，日本奈良时代的政治家、诗人。

〔2〕 赛特，Set，也作Seth，Setekh等。在埃及神话中最初是力量之神、战神、风暴之神、沙漠之神以及外陆之神。

衣服穿过了树篱，站在白蜡树下发出召唤……

到了诗人必须做出选择的时候：是深入他的民族、历史、传统的溪流，在大量的历史人物和历史事件中不断地丰富自己——哲学和人文学科被奠定了丰富的基础，宏伟、理性且井然有序；还是越过界限，踏出一条路，进入恐怖和天使之境，其结果可能是疯狂或愚蠢的浮士德式的厄运，可能是彻底的超越，可能是顿悟后的回归，也可能是耻辱的蠕虫似的毁灭。

11月22日　创始人日　大德寺

随着钟声响起，一切开始了—— 一些云水僧[1]穿着旅行装，成群地在法堂拐角的几棵松树下

〔1〕 即行脚僧，也叫游方僧，指四处游历、拜师学法的僧人，因其行踪不定，如行云流水一般，故称为云水僧。

聊天。彩旗飘飘。僧人们穿着紫色和金色的僧袍，蹬着中式浅帮高头鞋，戴着乌鸦嘴般的帽子。

天花板上醒目地出现了一条黑白两色的龙，它怒目而视，身体在云和闪电中盘绕着。六支燃烧着的两英尺长的蜡烛，两根四英尺长的松树枝。僧人们踏着帆船鞋鱼贯而入。阳光透过松枝的缝隙照射进来。置身法堂就像进入了一片红杉林，或是到了山下。小田雪窗禅师鞠了十八个躬。

11月26日　临江寺

赤脚走在寒冷的佛堂里。

现在，高枝上的红枫叶率先泛起光芒。启明星出现了——它出现在黎明和黄昏，数以千计的麻雀疾飞而过。五个穿着忍者工作靴的人无精打采地走过了鸭川河[1]畔的棒球场。中午时分，一个女人在桥下给她的宝宝喂奶，铲子和耙子放在旁边。北面群山弥漫在一片朦胧的风雾中——炊烟、木炭和麦秆——晚上，清酒酒粕做的热腾腾的“猪肉酒粕汤”。小女孩们穿着褐色的棉质长袜和红色吊袜带，还有暴露的短裙。大学男孩穿着他们已磨平的木屐和黑得发亮的校服，玩世不恭地闲逛着，看上去青涩、冷淡又无助。一个大个子男人骑着摩托车，载了很多面条。

“看到大量的水哗啦一声落下，美妙得难以形容。”

“看着麻雀唱着跳着，我很开心。从来没有像今天这般快乐过。”

——日语课

〔1〕 鸭川河，Kamo River，日本河流。

1957年1月21日　大寒

厚厚的霜和一些干冷的雪片。巨石上凹下去的坑里，结了厚厚一层冰，那是鸽子们的饮水之地。霜爬满了李树光秃秃的细枝，以及其他树的每一片小叶子上。

情色在中国和日本是晦暗朦胧的，就像锦缎洞穴里的芳香物；在希腊指的是灿烂骄阳下的赤身裸体，以及阳光充足的高山上的缠绵；在印度则意味着设计复杂的石地板上的丰乳肥臀和灵敏四肢。

深奥的是人体。一个人怎么能感知到内在的身体状况——我猜是通过瑜伽体系——好吧好吧。水土保持/重新造林/控制生育/拼写改革："爱这身体。"

1957年2月15日　林光院

晴朗的早晨，太阳融化了寒霜。李树之花瞬间绽放。鸽子早早地飞到石坑那里（水面冻得坚硬，它走上去，在冰上啄着，没有喝到水）。昨晚满月。坐禅完回家时，银色瓦砖的法堂飞檐正对着猎户座。冷风灌进了嘴里。愚蠢的自我裹足不前，任由我坐下来陷入回忆和幻想——心念耳闻皆幻化，出口就在凶险处。

1957年3月12日　东大寺的取水节

东大寺雄伟的中印风格的寺门。满身疥癣的雄鹿四处走动着。取水在二月堂。堂前有一棵雪松，是万松之祖。错综复杂的光线和三角形饰物——装饰华丽的铁灯笼悬挂在树上，散发出微弱的光芒。遥远的前世灯，既奇异又熟悉。晚上七点，僧侣们举着20英尺长的火把匆匆走上长长的楼梯。他们对着人群挥动着火把。要是有幸站在掉下来的大团火花下，人们就会很高兴。大殿里，僧侣们穿着白色的木屐，围着神殿中央咔嗒咔嗒地跑了一圈又一圈，随后，他们停住、坐下，吹起了法螺。他们念着所有的日本神灵和上千佛陀及菩萨的名字，整整念了大半夜。最后，一组僧人从神殿出来，下了台阶，走向井边，用装饰着花环的水桶，分两次将观音圣者赐福的水取来。然后是更多的诵经声。接着，神殿里，一个戴着面具和头饰的人——看上去像乌鸦嘴——将最大的火把点燃，开始舞动起来。钟声随之响起。此时，是凌晨三点。

后来，我和僧人们在一家分寺吃了早餐——坐着早班火车回到了京都，去欣赏刚刚落满雪花的山冈和料峭三月的旭日。这个春天最后一个醒来时下着雪的清晨。那些小房子，有些在长长的蓝色山谷中冒着黛青色的烟。空气纯净。

3月21日

京都市立医院：护士姑娘们穿着洁白的护士服，蜂拥着穿过了大厅，活像一群山上的野鸭。她们在院子里打球，病人们在观看。下一个有围墙的院子里，一些上了锁链的狗，在等待着属于它们的奇怪的医学命运的到来。一条死狗腹部朝天，喉咙和肠道都插着奇怪的管子，它旁边是两条无精打采的、畏畏缩缩的脏狗。

4月14日

樱桃，樱桃。从皮特（Pete）的学校出发，翻过重重山岭，爬上丰臣秀吉（Hideyoshi）的墓地又下来，穿过一条通道，通道外是一片湖。空气干燥，尘土飞扬。只是随便走走。在东山之巅的一棵散落着白色花瓣的树下喝了日本米酒。下山时，差点没经受住京都酒店的诱惑。沿着运河，从几个醉酒后跳舞的老婆婆身旁走过。越过了长满灌木的山头——蓝色的野生灌木开着花，再次经过运河。最后，走到了皮特朋友的住处。对方是个演能剧、写俳句兼画画的真菌学家。日子就这样逝去了。春暖花开，处处春意盎然。这一切的背后——

1957年5月9日

从五月一日开始，深度禅修冥想的一周。一天晚上，我梦见自己和三浦禅师[1]，抑或是一个未曾听说过的波兰秃顶革命诗人在一起，注视着伯克利。但是一个新的（未来的）伯克利——干净洁白的沙滩，蔚蓝清澈的海湾，白色的建筑物和美妙的林荫大道，道路两边那高高的辐射松*，一直绵延到了山的那边。我们看到一个女孩，修长的腿，头发松散地扎在后面，正远远地向我们走来。

---

〔1〕 三浦禅师，Miura Isshu Roshi，1903—1978年，临江寺方丈，斯奈德刚到日本时曾担任他的私人秘书兼英文老师。

* 辐射松，Monterey pine，一种松树，原产于美国加州沿海一带。

4. 京都相国寺的春日摄心

相国寺位于京都北部的平坦大地上。它的南边是一所教会学院，北边是密密麻麻的小房子和铺着路边石的泥土路。相国寺是分布在日本的众多相国寺派寺院的大本山，也是禅宗临济宗几大寺院体系之一。相国寺实际上是一块围地：一些寺庙被围在大门和正在剥落的瓦顶旧泥墙里，每一座都有各自的门、墙、庭院以及几英亩的野竹林。围地中央是高耸的双山墙法堂，寂静又通风。高高的天花板上画着一条巨龙，双眼灼灼地盯着石板地面的正中心。除偶尔举行仪式外，法堂都是闲置的。镀金佛像坐在后面高高的供台上，鼓声、诵经声扰乱不了它。法堂前面有一片长长的幼松林和一个方形的大荷塘。东边是一座木制的钟楼和禅僧或云水[1]僧禅修学院——宗堂（Sodo）的那扇朴实的

〔1〕 云水，Unsui，字面意思是“云，水”——源自一首中国古诗中的诗句“行云流水”。

门。经过禅修后，他们会成为相国寺的僧人。少数人经过几年的坐禅（冥思）、公案[1]修习，最终掌握华严宗的哲学思想后，成为禅师，有资质掌管宗堂，教在家众修禅，或随心所欲地行事。在家众可以和云水僧一起参加傍晚的禅堂集会，和云水僧一样，其中一些人还能从禅师那里得到一个公案，并定期接受禅师面对面的指点——你对禅师讲出你的见解，如果没有悟道，禅师就会让你回去继续冥想。如此，经过一段时间的坐禅后，你就能真正顿悟。

在宗堂的生活中，一年中有好几个星期，园艺、木工、阅读等活动全部中断，几乎所有时间都用来坐禅。这段时间，即敛心期，一天要听取参禅训示两到四次。在禅堂坐禅的时间也延长了很多。遵循宗堂的生活习惯、能够静坐的在家众可以参加静修。在相国寺，春日摄心于五月的第一周举行。

摄心在傍晚开始。在昏暗的灯光下，参加者依

---

〔1〕 通常是一些短小的奇闻异事，内容关乎中国唐代禅宗大师的高深莫测、不合逻辑的体悟言行。参禅者修习的公案是他冥思（meditation）的对象，他对公案的理解，则是听取参禅训示（sanzen）的对象。学得非常精深的弟子还要求将公案和佛教哲学的认知概念结合起来。

次进入宗堂禅院的正殿，成双排坐在铺着垫子的地板上。禅师默默地走进来，坐到最前面。所有人都从深袖的黑长袍中掏出自己的茶杯，喝起茶来。接着，巡行僧（Jikijitsu）——禅堂云水僧的首领（该职位由年长僧人轮流担任，每半年换一次人）用正式的口吻诵读禅堂及摄心的规矩。那些规矩是用宋代的日本汉字写成的。禅师说你们都必须非常努力，都要先鞠躬再出去，随后返回禅堂冥思片刻，都要早睡。

凌晨三点，副寺[1]出现在禅堂，摇响手铃。灯火亮起来了——十瓦亮度的油灯钉在一栋建筑的横梁下，已燃烧了几百年。所有人都一声不响地快速卷好自己的被子，把它塞到垫子后面的小橱柜里，然后从环绕禅堂的凸起的平台上跳到了石地板上，拖着草履走出来，把一石碗冰冷的水泼到脸上，然后匆匆回去，盘腿坐在自己的坐垫上。那些坐垫也放在睡觉的垫子上。巡行僧大踏步走进来，点上一炷香，坐到了自己的位置上。两个硬木板一敲击，发出步枪般的噼啪声。随着小铜铃"叮"的

〔1〕 副寺，Fusu，负责管理财务并接待客人的年长僧人。

一声，一天的生活开始了。几分钟的沉默过后，正殿传来了敲击声。人们站起身，匆忙穿上拖鞋，跟着巡行僧，陆续走出禅堂。巡行僧边走边敲铜铃，来到了一条石径走廊。那走廊五十码长，将禅堂和正殿连接起来。人们排成两列坐在垫子上，开始诵念佛经。伴随着木鱼声和深沉的钟声，那些起伏多变的日本汉字从诵经者口中诵念出来。他们诵经声音大，速度也快。禅师走进来，站在两排念经者中间，向他面前的佛像深鞠躬，点着香后，就离开了。击鼓念经一小时后，突然停了下来。接着，所有人回到了禅堂，站在自己的位置前，诵念《般若波罗密多心经》。巡行僧念得很快，没有人能跟上他。随后，他们上了垫子，开始冥思。半小时后，一阵刺耳的钟声从禅师的住处传来。巡行僧大喝一声“出去！”禅僧们闻声飞奔出去，在参禅室前按顺序跪成一排——他们的双脚拍打着冰冷的石头，长袍飞舞。每敲一下钟，就会有一个人进去谒见禅师。外面的人只能听到偶尔的低吼声，有时是拿棍子敲打的声音。进去的人逐一出来，闷不作声地从参禅室回到禅堂座位上。

并不是所有人都回到了禅堂。有些去了厨房，将砖炉里的柴火点着，用大黑锅煮起米饭来。饭做好后，他们就敲木板，发出咔嗒的声音。禅堂里的人听到了，就会敲一下钟。他们带着成堆的碗和超大的筷子，走到了走廊上。天渐渐亮了。这个时节，正是杜鹃花开的时候。青苔遍地的园子里，走道两边满满都是。松树、枫树下的堤岸，白色的杜鹃花透过薄雾，依稀可见。就连早餐前后——只有腌萝卜就大米稀饭，也要敲梆、诵短诗。早餐过后，禅僧们各自散开了。有的去洗锅，有的用拖把拖正殿前的木长廊、打扫并拖拭禅师的房间，或者用耙子清理落叶、打扫园子里的小径。年纪小的云水僧和在家众则负责禅堂的掸灰、打扫和拖地工作。

相国寺禅堂是日本最大、最好的禅堂之一。它建立在一个凸起的石砌平台上，周围是一圈石头铺成的小径。外面是长长的挑檐[1]和没有上漆的深色木头。里面竖着几根原木圆柱，柱子下面是花岗岩基石。禅堂总是凉爽、暗淡且宁静。地上铺的是斜方格石板。环绕禅堂内室边缘的木制平台上放

〔1〕 挑檐，指屋面挑出外墙的部分，一般挑出宽度不大于五十公分。

着供四十人使用的垫子。天花板中央垂着一个三面箱壁的箱子，佛像坐在那里面，就像一个桥式吊车操作员。那是佛祖弟子迦叶的木雕像，真人大小，他的眼睛栩栩如生，洞察着进入正门的每一个人。佛堂后面的一间附房里，设有相国寺建造者的神龛，他的雕像是木制的，眼睛从昏暗的壁龛凝视着外面。

早上七点，日常琐事做完了，巡行僧邀请打扫禅堂的人们去他的房间喝茶。巡行僧和副寺都有自己的私人住所。副寺暂住在正殿，巡行僧住在毗邻禅堂的一栋小房子里。空气里的寒意渐渐退去了。巡行僧推开了纸窗，如推开了房间的一道墙，直通室外。大家坐在垫子上喝茶。他们放松心情、抽烟、小声地开着小玩笑，坐禅期间凶得跟老虎似的巡行僧此时变得非常温和。“总有一天您会成为禅师的。”参加摄心的一名医生学生对他说道。“不会的。我参不透公案”，他笑起来，摩挲着剃光的头上禅师最近敲打的地方。接着，他们谈到了在宗堂要做的工作。敛心期间，工作量降到了最小，不过有些事情还是必须要做的。人们脱下长袍，穿上破烂的粗布旧工装后，各做各的去了。一些人去苔藓园子里除草——这个任务做起来可是没完没了的，另外一些去了菜地。巡行僧拿起一把鹤嘴锄*，去竹林砍一些嫩竹枝，供厨房使用。大家一早上干得都不是很带劲，有好几次找了个暖和的太阳地儿，就跑去抽烟了。

十点半，他们放下了手中的活儿，零零散散地去厨房吃午餐了。午餐是一天的主餐，有满是蔬菜的味噌汤、足量的米饭，还有几种不同的腌菜。墙外传来了自行车的嘎吱嘎吱声和在钟楼附近玩耍的孩子们的叫喊声。午餐过后，在家众和年轻点的云水僧回到了禅堂。经验较丰富的人们，承担着更多经营宗堂的责任。他们忙着账目、购物，还负责禅师的需求。禅堂下午的坐禅是非正式的。新来的人有充足的时间放松自我。他们偶尔会去外面散散步、抽点烟。虽然禅堂内并不禁止交谈，但没人想说话。

临近三点时，气氛开始紧张，巡行僧走了进来。等人到齐了，正殿传来一声钟响后，人们列队去诵经。每天诵念的佛经都不同。领队宣布了

* 一种在柄的右边安装有与柄成角度的扁平刃的挖掘工具。

要诵念的新经书后，便有些人从袖子里掏出经书来——不是所有人都能完全背会那些经文。回到禅堂后，他们再次诵读起《般若波罗密多心经》，巡行僧独自诵念了一段。他的声音响彻了整个禅堂。他扬起头望着迦叶佛像，手窝成杯状靠近嘴边，那呼声好像能穿越千里。

坐了几分钟后，厨房传来了晚餐的信号。大家排好队依次进入厨房站定。念几句经文后再坐下，把饭碗一一摆好。没有人说话。行堂师父边盛食物，边做出"请"的手势。吃饭的人觉得够吃了，要打出"够吃"的手势，示意对方停下来。过堂（吃的是米饭和腌菜）的最后阶段，一壶热水递了过来。每个人都会往自己碗里倒一些，沿着碗边涮一下喝下去，随后用小块布擦一下自己的碗，再把它们叠摞起来包好。包完后，所有人起身离开。

黄昏时分，禅堂里越来越暗了。现在，所有的禅僧开始集合。有的把坐垫夹在胳膊下。每个人进来时都朝迦叶鞠躬行礼。他们右手如刀般立于胸前，划破了空气，径直走到自己的位置上，朝禅堂中央一鞠躬，放好坐垫，以"半跏趺坐"的姿势坐了下来。其他人也到了，一些大学老师，几名教授，还有六个穿着黑色校服的大学生。那校服无论是上课、去酒吧，还是来寺庙，都同样适用。一些人犹豫地走进来、犹豫地鞠躬，生怕犯了错。他们满怀好奇地尝试着坐禅，可禅宗历史的厚重感令他们手足无措，那是非常“日本化”，也非常“高端”的东西。其中一个学生，衣衫最为破旧，头剃得跟云水僧似的。他对佛经熟稔于胸，每天晚上都准时到禅堂，安安稳稳地坐在坐垫上，谁也不理会。到了七点半，禅堂已经坐了一半人——在这样的摄心期间，人数已经相当可观。钟楼里的那座大钟隆隆响起来。敲钟的执事摇动着长长的木钟锤，每摇一下，就会大声念出一句经文。他洪亮的声音穿透了附近的商店和住宅。敲完之后，禅堂亮起幽暗的灯光，傍晚的坐禅开始了。

巡行僧往禅堂最前面一坐，木板一击，铜铃一敲，半小时的时光开始了。他身旁总烧着一炷香，香放在一个小木盒上，木盒上写着汉字“未”。最初的半小时结束时，他击了一下木板，咕哝了一声“Kinhin”。要“走禅”了。所有人起身——云水僧扎紧袖子，撩起长袍。又一个信号发出后，人们开始呈纵队围着禅堂内壁行走。他们走得很快，步调不由自主地一致。巡行僧迈着武士般的步伐领着队，他们走了一圈又一圈，穿过黑暗，穿过灯光，在迦叶佛前忽地低下头，到最后，巡行僧突然击了一下木板，大喝一声“出去”，队列被打破了，所有人冲向门口。夜里听取参禅训示的时间。二十分钟后，他们回到禅堂继续冥想——不是准备禅师问题的答案，而是在思考禅师的回应。

坐禅时神经是极其紧绷的，禅堂里的每一个人都能感受到这一点。巡行僧站起身，紧握一根扁平的长木条，开始慢慢地巡视整个禅堂。他把木条贴在肩上，在几排坐禅者前面走来走去。所有人都一动不动，眼睛半睁半闭，目光直直地落到前方。经验不足的坐禅者坐不稳了，巡行僧就会轻轻敲打他，劝他采用简单些的姿势；若是云水僧坐姿欠佳，就会被毫无征兆地粗暴地打出坐垫。随后，他站起身，重新坐下。什么话都没说。任何人只要表现出昏昏欲睡的迹象来，就能感到有木条轻打在肩上。紧接着，他和巡行僧会互鞠一躬，然后身体前倾，等着巡行僧在他后背两侧各打四下。打得并没有多疼，也能起到很好的唤醒作用——尽管响亮的拍打声会令新来者不寒而栗。长时间的坐禅过程中，你可能会感到腿疼，不过只有巡行僧敲响他的铜铃，这种疼痛才能得到缓解。你只能转移你的注意力。一小时到了，铜铃确实响了，又一轮的走禅开始。二十分钟有节奏的默默行走，来得正是时候。走禅结束得很突然，巡行僧快速绕禅堂走动一圈，凡是没坐稳妥的，都会被打出坐垫。禅宗追求的是自由，可修禅却有纪律约束。

走禅期间，有几个云水僧悄悄离开了队伍，到了十点又回来了。他们沿着走道飞奔过来，你能听到动静。他们端着几大盘的大漆碗走了进来，碗里盛着热腾腾的乌冬面。朝巡行僧鞠躬行礼后，他们绕着禅堂，往每个人面前都放了一碗。根据需要，有些人给了两碗，甚至三碗。所有人都鞠躬，拿起筷子，以最快的速度吃完了面。禅僧们吃面条速度快是出了名的，没有人想最后一个吃完。放下空碗后，僧众们被集合到一起，一个服勤僧紧随其后，一路小跑着用一块抹布擦拭着垫子前面的横梁。到了门口，服勤僧们停住了脚步，向全体僧众鞠躬行礼，僧众们随之还礼。接着，一个服勤僧公布了当晚资助禅修面食的人——通常是一个朋友或者宗堂院的赞助者。僧众们再次鞠躬。再次坐禅。

十点半，又休息了一次。男人们聚到后面抽了抽烟，聊了会儿天。“真有美国人对禅宗感兴趣吗？”他们惊讶地问，因为本国人并不怎么关注他们。

十一点，传来钟声和木板的敲击声。最后一次诵经。禅堂里突然间人声鼎沸。傍晚的来客向巡行僧和迦叶佛像鞠躬后，纷纷带着坐垫离开了。待他们一走，其他人便哧溜钻进被窝，一动不动地躺下了。巡行僧轻快地转了一圈，说了句“要彻夜思考”，便走了出去。禅堂漆黑一片。不过，一切并未结束。灯一灭，人们又爬了起来，拿出坐垫，独自溜到外面，找一个喜欢的地方，再坐上两小时的禅。第二天，凌晨三点起床。

以下是敛心周的日常安排：有几个早晨，禅师会根据禅宗教材——通常是《无门关》[1]或《碧岩录》[2]上的某件趣闻轶事，举办一个讲座。大家都坐在正殿等禅师进来。禅师进来后，盘腿坐在一把高高的椅子上，接过一杯茶，开始了他的讲座。他告诉众僧“大道至简”，这可能会让某些夜复一夜

〔1〕《无门关》，Mumonkan，南宋时期无门慧开禅师的著作。

〔2〕《碧岩录》，Hekiganroku，全称《佛果圆悟禅师碧岩录》，亦称《碧岩集》，由宋代著名禅僧克勤大师所著。

绞尽脑汁的可怜的家伙疯掉。他说的是真心话，他们也知道他是对的。

敛心进行了一半后，所有人都要洗澡、剃头。禅宗里有这样一句话：“研习公案时，就是在浴缸里也不能放松。”不过，没人在意这个说法。澡堂里有两个深深的铁浴缸，靠在浴室外给浴缸底部烧柴火来加热。烧火的人填着柴火，扁柏和雪松噼里啪啦的，冒着青烟，散发着香味。人们会洗很久，把自己洗得干干净净。甚至在浴室里，你也会鞠躬。对象是一尊高挂在墙上的小神龛。沐浴前后你都会向它鞠躬。巡行僧磨快了剃刀，为大家剃头。不过，给自己剃头时他都是独自一人，不照镜子，也不会划伤。

沐浴后，他们会去行乞（托钵）。当天下了雨，不过他们在长袍外套上蒙上油纸雨衣，又穿上草鞋后，就趟着水出发了。由于戴着很深的碗状编织草帽，化缘僧的脸很难被看到。他们走得很慢，步子迈得很大，边走边发出奇怪的哀号声，从不停歇。有时他们会走上几英里，在京都的大街小巷奔波往来。行乞回来时，他们已浑身湿透。他们念着经进入宗堂大门，带着微薄的施舍。整个下午雨水都在流淌，禅堂里昏暗朦胧，能听见淙淙的流水声。

第二天早晨和巡行僧一起喝茶时，一个在宗堂某栋楼里租了房间的大学教授走进来，讨论起了公案。“理解了禅宗后，你就知道那棵树真的在那里。”——整个摄心周，只有这一次有人提到了有关禅宗哲学或体会的话题。禅僧们彼此间从不讨论公案或参禅体会。

第八天黎明时分，敛心结束了。参与摄心的所有人集合到巡行僧的房间，喝绿茶粉，吃蛋糕。他们轻松地聊着天，一切结束了。敛心期内把所有人敲打了个遍的巡行僧，现在成了他们的朋友——慈悲的形式有很多种。

5. 游轮笔记

1957年8月29日　海上

拿起帆布背包，通过了体检和移民局的检查后，我登上了“沙巴溪”号油轮。这艘锈迹斑斑的灰色油轮上，满是管道、阀门和大便。金星出现在扇形状的富士山上空。在紫色的晚霞中。下面的轮机舱是我工作的地方。我是锅炉工。负责看管七个红彤彤的火炉——轰鸣、灼热、大汗淋漓，一堆杂乱的管道和阀门。有一次跑到上面休息，避了避噪声和热浪，感受了下扇形船尾的清凉空气——昴宿星团在那里升起。海浪、机械和音乐，舱壁、干燥的工装裤和内衣裤。为什么都是油乎乎的？太阳古老的丛林般的热浪。

八个黑管儿与合金螺纹小接套相搏，火焰喷射。

（毁灭性的掠夺：西方文明的破坏性。中美洲那些疯狂的西班牙人，对黄金和宗教的偷窃负有责任。自然、野生动植物、印第安人的生活、密西西比河、美国大峡谷，都没有使他们改变主意。整个西半球都是罗马教皇赠送给西班牙的礼物。）

9月6日　离开新加坡

一条飞鱼和一些看样子像生活在岸边的截尾

鸟。掏出一只鸟的内脏，在锅炉舱附近喷淋热油。现在，他们说我是个真正的锅炉工了。

~~~~~~~~~~~~~~

成为加油工以前，卡鲁索（Caruso）“生活在丛林，靠救世军组织的救济为生”。现在，他对钱着了魔，疯狂地存钱，分文不花，因为他想“留些财产”。他的衣服都是破破烂烂的。他常常走来走去，脸上挂着一丝心不在焉的微笑。昨天晚上新加坡突降暴雨，丢了半串灯，其他都在。今天早上驶出马来半岛海岸——低海滩，滩后起伏的矮山丘，白色的碎云，进入孟加拉湾。

——红色的轮形管阀，喷银漆的肘形弯管。红色的铝，黑色的铝。水和油。爱的形式多么奇特！在这儿，在鲸鱼的肚子里。

~~~~~~~~~~~~~~

9月9日　孟加拉湾

怀特（White）的父亲是美西战争[1]期间的一名士兵。他来自缅因州，战争结束后，留在了菲律宾。“他生了各种各样的孩子。”现在在蒙特利的一家“老兵之家”疗养院。

“我的愿望是当总统，虽说我穿二手衣服，三句话不离脏字。”

大家每天都工作12、14、16小时不等——把你在这艘船上想加的班都加了，并铭记着加班时的所有幻想。桑迪（Sandy）说“你会把时间浪费在妓院和酒吧的”。

〔1〕美西战争，是1898年4月21日爆发的美国为夺取西班牙属地古巴、波多黎各和菲律宾而发动的战争，1898年8月12日停火。

9月12日　锡兰[1]亭可马里市

早早醒来，躺在甲板的帆布床上，看到一只围绕着岸上的树木翱翔的鸟一闪而过——古老的行星时代，鸟与石的黎明，山和海的感觉——奇怪，竟然离开日本了。昨天，油轮驶入码头。英国水手，长长的金发，穿着短裤。

和苏魁米什人[2]梅森（Mason）、长着两副胡须的桑迪，还有杰克一起去码头喝锡兰啤酒。他们还在值班，是利用休息时间出来喝的。他们独自走上了山坡，那里生长着许多旱生的矮小硬叶树。俯瞰着海湾、油槽和生锈的铁路、瓦楞屋顶的棚屋和讲着泰米尔语[3]的工人。在一个储存淡水的地方，两只猴子从很高的地方，跳到坚硬的混凝土上，尾巴卷得高高的，蹦蹦跳跳地朝丛林跑去。

---

〔1〕 锡兰，Ceylon，斯里兰卡旧称。
〔2〕 苏魁米什人，Suquamish，北美印第安人，讲萨利希语。
〔3〕 印度泰米尔纳德邦的官方语言，也是斯里兰卡的官方语言之一。

1957年10月1日　中途

蓝色的海水拍打在礁石上——生长着铁木树的平坦的白色小岛，燕鸥仙和长尾热带鸟在空中飞翔。夏威夷挖掘公司戴着头盔的工作人员，以及他们的卡车、升降运送车、蒸汽压路机、推土机；放置着钢筋、焦油和建筑材料的数以万亩的空地。

在工人食堂喝酒——掷骰子——留着胡子、穿着橡胶便鞋和翻脚短裤，拥有夏威夷、中国、日本血统的混血儿。坐在卡鲁索对面，木桌，几罐啤酒。他说，最糟糕的，是贪婪。“看看我，贪婪毁了我的生活。只要一看到什么东西，我就想得到它。可你越想得到它，它就跑得越远。”这忠告，我双手赞成。今天早上，进入圆拱形的天主教教堂，去浏览宣传册架。不由自主地朝圣母玛利亚合掌鞠躬。

白色燕鸥——精美的翅膀——乌黑的鸟喙，傍晚嬉戏着穿过铁树的大树枝。死乌龟的壳。一只热带军舰鸟的尸体。沙滩上可以看到我们自己的足迹。

五个水手站在脏兮兮的管子围蔽通道内
抽烟、休息、聊天

高兴地检查了阀门、油管、测流速管、灯泡、鼓风机、舱底泵座、防护装备、消防栓，进行了救生操练。

只有长城能够从月球上看到。

“你说在讨论S.U.P……不知所云”

11月6日　阿拉伯海

穿过一艘行驶缓慢的小巧的俄
国油轮。
磨光了舵机室的甲板。

"伙计，她很粗野。
靠卖血糊口。
加尔维斯顿[1]。"

杰克捍卫着酒精（Perchke）波希克："我喜欢喝酒老兄，酒精让我感到舒服，我喜欢从一家酒吧摇摇晃晃地逛到另一家酒吧，我*啥*都不在乎，谁想要我的衬衣，给他就是，我*没啥*可担心的。"厨师杜布朗特（Duperont）说："有人喝醉就是为了逃避，可你

[1] 加尔维斯顿，Galveston，美国得克萨斯州东南部港市。

不能永远拿酒瓶子当挡箭牌。”

11月11日　苏伊士运河

穿过苏伊士运河时，四个阿拉伯船员中有三个在船尾用煤油给哈希什加热。他们用瓶子和竹筒做成水烟袋，用木炭的余烬使它不断燃烧，然后挨个儿吸食。年纪最大的一个大笑着把水烟袋传了下去。“他比长叶松还要高。”波希克（Perschke）说。阿拉伯人在餐厅有三张桌子，上面放满了物品——粗糙的弹簧折刀、骆驼皮鞭、土耳其软糖、印有埃及图案的铅笔。

阿施塔特[1]

〔1〕 阿施塔特，Astarte，主管爱情和生育的女神。

阿耳特弥斯[1]

阿佛洛狄特[2]

阿施瑟拉特[3]

阿什脱雷思[4]

阿娜希塔[5]

主厨乔(Joe),一个**神志清醒**的人,提到船长时说:
“论聪明,我不如那个混蛋;**论笨**,他比不上我。”

〔1〕 阿耳特弥斯,Artemis,月亮和狩猎女神。

〔2〕 阿佛洛狄特,Aphrodite,主管爱与美的女神。

〔3〕 阿施瑟拉特,Asirat,迦南和犹太早期母神。

〔4〕 阿什脱雷思,Ashtaroth,古代腓尼基和叙利亚司掌爱情和生殖的女神。

〔5〕 阿娜希塔,Anahita,战争女神。

11月29日　海上

杰克在加尔维斯顿[1]的酒鬼生活，睡在停放的汽车里。“婚姻——**没劲儿！**”他叫喊着。“我会拿着酒瓶，摇摇晃晃的，身上没一个子儿，胡子拉碴的，没地儿睡，看到有人带着老婆孩子，就觉得自己非常幸运。”“早上在杂草里醒来，趴着睡，用手扒开杂草，找酒壶。盯着看啊看。”

12月8日　阿拉伯海　海上

杜布朗特（Duperont）9岁时做了他的第一份工作——“有个家伙出5元钱让我给死人洗澡。我

〔1〕 加尔维斯顿，Galveston，港口城市名，位于美国德克萨斯州东南部。

说，把那死人带来吧，我洗它个干干净净”。

卡鲁索：“到苏伊士可真远。”

杜布朗特：“没多远，是你心太急。”

“海湾港的船员不错，莫比尔港来的却很野蛮——波士顿港的是一群酒鬼加表演者——二十年前，西海岸有过好船员。”

1957年12月20日　土耳其伊斯肯德伦

下午，我和关岛人杰西（Jesse）在一个大院坐着等朋友。桉树和松树。一大群麻雀。泥泞的大院子里，到处是小马驹。炭盆。我们离开大院子，骑马回到死气沉沉的餐馆，喝廉价的甜酒。

10岁的金发姑娘穿着破裙子——和几个比她小的孩子们一起——顺着人行道走来（我正站在街道对面看日落，注视着人们回家）。她们拉着手，围成一个小圈，边走边旋转着，做着跳舞的动作。那姑娘踢起一条腿，冲两匹等在路边的马叫喊，将它们嘲笑一番后，离开了。

12月25日　伊斯坦布尔

醒来时，发现自己躺在酒馆房间的地上——水手长和主厨睡在床上。到外面找了个地方吃饭。充斥着羊肉味的房间里，提供的全是汤和面包。往汤里浇了醋。接着，我发现了一张地图，最后费尽力气，越过小山，穿过小径，来到圣索菲亚大教堂。何等空旷！何等冷清！整个教堂里就我一个人。圣母和儿时耶稣的马赛克镶嵌画，在颤抖，在哭泣，它讲述了逝去的仪式、心灵和光辉。教堂的圆屋顶下，曾经挂着吊灯，回响着圣歌。

在海上

和波希克在船尾聊天。我问他：

“你什么时候回去干活儿？”

——“太阳下山以后。不过今晚不好说，阴天。”

——“在日本的佛寺，坐在自己房间里，天黑得看不见手上的指纹时，人们会敲钟的。”

——“从远处看还是近看？”

——“远看。”

——“你胳膊长。也许你会迟到。窗户开着吗？”

——“没有窗户。墙是打开的。”

——“一直开着？”

——“有时也关上。”

——“敲钟不是一直都准时吧？敲钟干吗？”

——“把人们叫醒。”

——“可那是晚上啊。”

——“早上也敲的。”

探过热管去拧螺母，手臂灼伤了。管线弯弯曲曲的，小银管细小到令人吃惊；从量料箱取出13/16号扳手；眼睛闪过，船舱板渗出液体了——法兰（机械装置的凸缘联轴节）泄漏了，阀也滴水了。用大螺栓戳穿了老旧的密封圈，然后在口袋里找螺母。整艘船不停扭转着，管道通向哪里？工程师咒骂着，烧坏的手颤抖起来——

1958年2月18日　回到波斯湾

深色的油轮滑行艇从暮色中的马斯喀特[1]山丘下驶过，两盏灯亮着。

杰西的故事："放进来"，她说。"已经进来了"，我说。"噢，疼死了。"

1958年2月20日　拉斯坦努拉[2]

黎明时分，固定了操舵装置——舵轴和驱动轴。奥斯陆[3]的船在下一个码头。大三角帆装置挂着，小船轻快驶过。小雨落在碧绿的水里。古代苏美尔[4]。由于肾结石，我们在冲绳岛时认识的酒

〔1〕 马斯喀特，Muscat，阿曼首都。
〔2〕 拉斯坦努拉，Ras Tanura，沙特阿拉伯港口。
〔3〕 奥斯陆，Oslo，挪威首都。
〔4〕 苏美尔，古代幼发拉底河下游的一个地区。

鬼厨子被辞退了。他肋骨断裂，总是气喘吁吁的，一副半死不活的样子。我想他觉得我们这拨船员不怎么友好——在陌生人面前行为古怪、不热情。

浅绿色的海面上露出沙滩来。海鸥们争吵着，小海鸥们也在其中。

阳光下，琥珀色的咖啡喷雾器从甲板上
抛到了绿色的泡沫中。附近还有塘鹅。

“我爱你们
我想让全世界都知道
这一点
除了我妻子”

——热苏斯·埃瓦里斯托[1]

写在船员餐厅的黑板上。

---

〔1〕 热苏斯·埃瓦里斯托，Jesus Evaristo，编剧，主要代表作品《他们点燃的生命》。

1958年3月20日　海上

清洗、涂油、给轴承贴标签。胡佛、新起点、SKF、MRC、联邦。想到了高本汉[1]；一道道的晚霞；百英里外的积云最浓厚。北极星沉没得无影无踪。

疯狂地大唱大笑，轻轻地坐在码头高高的管子上，将下面的机舱漆成白色——这是我生来就该做的事——

〔1〕 高本汉，Bernhard Karlgren，1889—1978年，瑞典学者，20世纪西方最重要的汉学家之一，他的一大贡献就在于创造性地使用纯粹语言学的方法来解决中国古籍的校释、考证和年代等问题。

3月21日　海上　日界线通过日：最高点南纬13°　47；西经174°　47

3月23日　萨摩亚（南太平洋中部一群岛）帕果帕果[1]

周六早上醒来，发现周围都是青山，汹涌的白色浪花拍打着陡峭的海岸。船只驶入了一个通向新月形港湾的小峡谷。一座高峻陡峭的双峰山位于入口，周围坐落着一些白色的平房。六艘驱逐舰在码头等着我们。靠岸。萨摩亚男人穿着裙子，系着粗重的棕色腰带，打着一双坚硬厚实的赤脚。日本金枪鱼船在后面较远的地方抛锚泊船。

不得不打开主电机冷却器上的一个检修孔盖——然后拿到钱，上岸——许多萨摩亚人在岛与岛之间的轮船上等着。所有人都那么美。去邮局，从一个高挑可爱的姑娘那里买来邮票。穿着草履

〔1〕 帕果帕果，Pago Pago，太平洋中南部美属东萨摩亚首府及主要港口，重要海军基地。

闲逛，已经被绿地广场慵懒的空气给吞噬了。男孩们在广场上打着棒球，周围则是一些小建筑。后面是陡峭的山坡，遍地鲜花怒放。一个警察告诉了我哪里有便宜的酒吧，不过我还是朝帕戈酒吧走去——据说同船的船员们都在那里。我在那里找到了“疯马和查理”罐装啤酒。又有一个警察很快跟我交上了朋友。他说他讨厌穿警衫，因为一穿上它，人们就不愿意跟他说话了（“我父亲就是一名警察，他告诉我别当警察，树敌太多了”）。听到这儿，我脱下了第二任厨师约翰（John）递给我的衬衫，趁着炊事员约恩（Yon）在拉斯坦努拉下船时，交给了他。

接着，我赤裸着上身，迈着笨拙的舞步，和萨摩亚姑娘们疯狂地跳起舞来。警察告诫我别靠近那些妞儿，说他当晚会带我去他家吃晚餐，尽地主之谊。建议不错，不过当那个妞儿坐到我身边，一边拉起我的手，一边读着她的信时，我妥协了。她说“吻我”——我吻了她，接着她又读起信，然后又说“我是你的”——我说“好”，她说“吻我”，我照做了。接着，她读了更多的信。有一封信是写给“琼妮·塔罗法”（Joanie Talofaa）的，另一封信是写给“珍妮·塔罗法”(Janie Talofaa)的。我问她你叫什么名字？她说“珍妮”。我说另一封信上写的是“琼妮”,“对”,她说,我叫“琼妮”——可你说你叫“珍妮”来着。“都一样的。”

我先是和她跳来跳去,接着又和别的姑娘们跳。最后,她有点恼了。警察反感我,就离开了(他后来找到了波希克,给了他很多好东西,垫子什么的——杰克最后全忘了)。我醉得更厉害了,最后倒在了里屋的床垫上。

某个时候,我回到船上,取来另一件衬衫。接着我们去了沙滩——拜妞儿们所赐,我们买了大堆愚蠢的食物——汽水、半箱啤酒等。坐了长时间的出租车,来到一条旧飞机跑道边上。那是一片浅水滩,远处有礁石凸出水面。配餐员、加油工和小瑟德(Jr. Third)也在那里。我把毛毯和帆布背包从船上带了过来。像海岛居民那样,聚餐、用手指抓饭吃。随行的有一个小孩子,我们用罐头食品为他换了一些蒸熟的面包果[1]。琼妮决定去游泳,穿着短裤下了水。我生了火,不过风太大,柴火也不

---

〔1〕 长期以来,面包果一直是太平洋岛屿上的主食,食用时蒸熟,加上黄油和盐即可。

多。周围看起来像一个脏兮兮的旧野餐地。萨摩亚人毫无顾虑地乱扔锡罐，这一点确实令我不爽。既来之则安之！我的脑子几乎停止运转了。全然地陶醉，意志力彻底失效。就像司泵工王(Wong)讲的那样：在港口你会疯掉。

王从跳板上下来。很是恼火。想找到他丢了的钱包。琼妮坐着出租车回到沙滩，想帮他一起找回来。第二天早上，我沿着小径四处逛了下后返回，沿途看见一些旧车库，小溪里有只死狗，水面上打着一些木桩，厕所就架在上面。还有一些以柱子为墙，棕榈叶作屋顶的结构复杂的茅草屋。在捆绑柱子和弄弯的棕榈木的过程中，屋内精美的图案也完成了。

在金枪鱼酒吧撞见琼妮、萨利和亨里克斯——我们不约而同地去那里喝酒、找乐子。大副和轮机长也在。该回去了。船上发出鸣笛声。我们四人——俩妞儿，俩水手，开始往回走。吻别。琼妮说当着所有人的面吻别“难为情”。当我们都上了船，缆索也已解开，轮船缓缓地驶离了码头后，她出现在一间平房的草坪上，向我们挥舞起来。安布罗西奥·路易·克鲁兹(Ambrosio L.G. Cruz)险些被摺下。一艘汽艇接上他，最后，他爬上了绳梯。

3月30日　夸贾林环礁[1]

美国人工作起来都很好——专心、合作、踏实而有尊严，可到了家或者酒吧，就跟换了个人似的，变得粗心、无聊又愚蠢；日本人恰好相反——在家的表现比工作时好（当操舵系统出现故障，我们都想搞明白为什么液压系统不能转动船舵时，发现了这一点）。液压管路里进了空气。

〔1〕 夸贾林环礁，Kwajalein，太平洋西部马绍尔群岛中的环礁。

1958年4月15日　靠近圣佩德罗[1]

五只夏威夷来桑岛的信天翁跟着我们一路而来。海水在圣佩德罗灯光的照射下变幻着颜色，空气中弥漫着别样的味道，信天翁往回飞了，海鸥们飞了过来，为油轮保驾护航。

---

〔1〕 圣佩德罗，San Pedro，美国港口。

6 . 百丈禅师的生平记录

（Bojang Whyhigh）

|

马祖（Ta-chi）（？—788年）

|

百丈怀海禅师（720—814年）

|

黄檗（？—850年）

|

临济（？—867年）

（Rinzai）

↓

出身背景及少年时期

洪州[1]百丈山怀海禅师，福建长乐县（今属福建）人。怀海孩提之时即脱离凡尘，戒、定、慧三

〔1〕 今江西南昌。

学都详备纯熟。恰逢马祖道一禅师在南康（今属江西）阐化佛法，怀海就一心一意皈依随从，与西堂智藏禅师一起成为入室弟子。*

与西堂之争

百丈怀海和西堂智藏[1]为马祖的入室弟子。在修禅的过程中，这两位大士并行角立而不相上下。有一天晚上，他们一起侍从马祖赏玩月色，马祖问道："这样的光景怎么样？"西堂答："正好供养佛陀。"百丈答："正好坐禅修行。"马祖评价说："经属智藏（《三藏经》），禅归怀海（大海）。"

百丈卷席

有一天马祖升堂说法，众人云集后，马祖才坐上法座。

片刻后，百丈卷起席垫，马祖一见，即刻下了法堂。

---

* 译自《大正新修大藏经》之《景德传灯录》卷五。

〔1〕 禅宗丛林在住持方丈的统领下，分为两大序列，东边序列主要负责行政后勤事务，西边序列主要负责教育秘书工作。首座辅助方丈弘宗说法，在特殊时候可以代替方丈秉拂上堂，接下来就是西堂。怀海是首座，智藏是西堂。

一天，怀海禅师来到马祖的法堂，马祖从禅床角上取出拂尘，摆弄起来。怀海见状问："即此用，离此用？"马祖将拂尘放回原处，问道："你以后凭什么来接引众人？"怀海取来拂尘示意。马祖问："即此用，离此用？"怀海竖起拂尘，等马祖训话。马祖见状大喝一声。

讲学伊始

自那时起，怀海禅师宣讲佛法之声就如春雷一样震动僧俗，果然有檀越信施，请他去洪州新吴（今江西奉新）讲学，住持大雄山寺院。因所居大雄山峰峦高峻异常，从那时起，人们开始叫他"百丈"。不到一年[1]，来参问玄机的僧俗宾客，就从四面八方成群结队而至。其中，以沩山灵祐禅师和黄檗希运禅师为其首。

百丈和黄檗

一天，怀海禅师对徒众说道："领悟佛法不是

〔1〕 此处《景德传灯录》原文是"未居月余"，斯奈德译文为"不到一年"。

一件小事情。老僧当年被马祖大师厉声一喝，震得三天耳聋眼黑。”

黄檗听了这话，不觉吐了吐舌头[1]说：“我不要认识马祖，更不要看见马祖。”怀海禅师说道：“你以后应当继承马祖的禅法。”黄檗说道：“我不继承马祖。”怀海奇怪地问道：“为什么？”黄檗回答：“若继承马祖，以后会害了我的徒子徒孙。”怀海禅师赞许道：“是这样，是这样。”

哭泣的僧人

一天，一位僧人哭着走进法堂。怀海禅师问道：“发生了什么事？”那僧人说道：“我父母都死了，请和尚选择下葬的日子。”怀海禅师说道：“你明天过来，即刻埋葬了。”

---

〔1〕 关于这则公案，明版本自此句开始，略有不同。内容如下：师曰：“你以后不去继承马祖吗？”黄檗说：“我不会继承马祖。今日因为你的讲解，得以明白马祖的精义，不过，我并不认识马祖，若继承马祖，将来会害了我的徒子徒孙。”怀海禅师说：“是这样，是这样。学问见解跟师父一样，已经矮了半截。见解超过师父，才可以收为徒弟，继承衣钵。你的见解超过了师父。”即“见与师齐，减师半德。见过于师，方堪传授”。

闭上嘴巴说话

怀海禅师上法堂说道："掐住喉咙，闭上嘴巴，快快回答！"沩山灵祐说："我不说，还请和尚说。"怀海禅师说道："我可以对你道出，但日后恐怕无承嗣之人。"五峰常观说道："和尚也得闭上嘴巴。"怀海禅师说："如果此处就我们二人，我会闭上眼，仰望你。"云岩昙晟说道："我也有话说。还请再说一遍问题。"怀海禅师便再说道："掐住喉咙，闭上嘴巴，快快回答！""——现在，和尚有话说！"怀海禅师说："日后无承嗣之人。"

谁去传话给西堂

师谓众曰："我要派一个人传话给西堂，哪一个能去呀？"五峰常观回答："我去。"怀海禅师问道："你怎么传话？"五峰常观回答："等面见西堂时才说。"怀海禅师问道："说什么？"五峰常观回答："等回来以后告诉和尚。"

有没有火

怀海禅师与沩山灵祐干活之时，怀海禅师问

道："你有没有火？"沩山灵祐回答："有。"怀海禅师再问道："在什么地方？"沩山灵祐就拿起一根木条吹了两三口气，然后递给怀海禅师。怀海禅师说道："就像是虫子蛀蚀木头。"

什么是佛

有僧人问道："什么是佛？"怀海禅师不答反问："你是谁？"那僧人回答："就是我。"怀海禅师又问道："你认识'我'吗？"那僧人回答："那是自然的。"怀海禅师于是举起拂尘问道："你看见了么？"那僧人回答："是的。"怀海禅师就不再说话了。

饭鼓

众僧普请挖地时，忽然有一个僧人听到饭鼓敲响了，就举起镢头，大笑着回去了。怀海禅师赞叹道："真棒啊！这就是观音入理的门径。"怀海禅师回到寺院，就唤来那个僧人问道："你刚才悟到了什么道理，就这个样子？"那僧人回答："刚才我只是听到饭鼓声响，就回来吃饭。"于是怀海禅师笑了。

佛怨魔说

有人问道:“依照佛经解说其义,却让三世佛怨愤;离开经文一个字来解说,即同于恶魔说法。此话怎么理解?”怀海禅师回答:“固守经文而不灵活运用,即让三世佛怨愤;此外别作寻求,即等同于恶魔说法。”

僧问西堂

有僧人问西堂智藏禅师道:“有提问才有回答,那么不提问不回答之时怎么样?”西堂智藏禅师反问:“担心烂掉做什么?”怀海禅师听人转告此语,就说道:“我从来就疑心这个老兄。”有僧人就说:“还请和尚讲说。”怀海禅师回答:“一合相不可得到。”

饿与饱

怀海禅师对众人说道:“有一个人长时间不吃

饭也不喊饿，有一个人终日吃饭也不说饱。”众人都不能对答。

有一人要

云岩昙晟问道：“和尚每日辛苦忙碌是为了谁呀？”怀海禅师回答：“有一个人需要这样。”云岩昙晟追问道：“为什么不叫他自己做？”怀海禅师回答：“他没有家伙。”

百丈怀海禅师答学人问

有僧人问道：“什么是大乘顿悟法门？”怀海禅师回答：

“你们首先停歇众缘，休止一切事务。善与不善，出世间及在世间的一切诸法，都不要记忆，不要因缘思念，解放身心，使其自在无碍。心就如木石，没有什么可辨别的。心里没有所运行的，心地若空，智慧之日自然显现，就如云开日出一般。心中止息一切纠缠的外缘，贪欲愤怒，爱恋进取，污垢清净，有情情尽。面对五欲八风，而不被见、闻、觉、知所束缚，不被诸外境所迷惑，自然就会具备神通妙用，这就是能解脱的人。

“面对一切境相，心中没有动静，不摄取也不散乱，透过一切声色，而没有滞留妨碍，就称为得道之人。只要不被一切善恶、污垢清净、有为无为、出世间在世间、福德智慧所羁绊，就称之为佛慧。是与非，美与丑，是理与非理，诸知见总有尽时，而不被束缚，处心自在，就称作初发心菩萨，即登上佛地。

“一切诸法，本来就不自以为空，也不自说色，也不说是与非、污垢与清净，也无心束缚人。只是人们自己虚妄计较，作若干种理解，起若干种知见。如若污垢、清净之心已尽，不被束缚，不被解脱，没有一切有为无为的理解，以平等之心量，而处于生死之间，**其心自在**，终究不与虚幻、尘劳蕴界、生死等相混合，迥然无所寄寓，一切不加拘束，去留都无妨碍。如此往来于生死之界，就如大门洞开一样通行无碍。如若遇到种种苦乐、不称心如意之事，心中都不退缩屈服。

“不思念声名闻达、衣食丰足，不贪恋一切功德利益，不被世间之法所阻碍。其心虽然亲受各种苦乐，却也不放在心上，以粗食活命，破衣抵御寒暑，劳苦忙碌，如愚昧如耳聋一样。

“稍微有些相应之分，广泛学习知解，寻求福祉，寻求智慧，对佛理并无益处，却反而被知解境之风所漂溺，却反而被送入生死海里。佛是无所求的人，求佛就违背了佛。佛理是无所求之理，求佛理即失去了佛理。如若执着于无所求，其所失又同于有所求。这佛法不是实也不是虚。如果能一生都心如木石一般，不被蕴界五欲八风所漂溺，那就断绝了生死因，去往自由。

“不被一切有为因果所束缚，他时还与没有束缚之身一起利益万物。以没有束缚之心应对一切心，以没有束缚之智慧解脱一切束缚，也就能随病症而给予相应的药。”

受戒僧

那僧人*问道：“现在受了戒，身口都清净，已经具备了诸善行，能得解脱吗？”怀海禅师回答：“稍稍得些解脱，却没有得到心之解脱，也没有能

---

* 英译中的“mook”通常对应的是汉语中的“僧”，是指“僧伽”——“和合众”中的一员。因此，僧侣即僧团的一员。

一切都解脱。”那僧人问道：“什么是心之解脱？”怀海禅师回答：“不求佛，不求知解，污垢、清净之情尽，也不执受这种无求，因此也不住尽处，也不畏惧地狱束缚，也不爱天堂快乐，不被一切法所拘执，才称之为解脱无碍，即是身心及一切都称作解脱。

你不要有少许戒、善行，就以为悟了。不知如恒河之沙一样无数的无漏之戒、定慧法门，都一点点也没涉足过。努力精进，勇猛探究，及早而为，不要等到耳聋眼花，须发尽白，满面皱纹，衰老痛苦累及自身，才眼中流泪，心中彷徨，没有去处，到那个时候，要整理手脚已不能够了。纵然拥有福祉、智慧、知识，都不能相救，只因为心眼未开，只因为念及诸境，不知道返照自心，又不见佛道，所以一生的全部善恶因缘，都展现在眼前，有的欣喜，有的恐惧，六道五蕴都显现面前，尽被看见。庄严华丽的房屋住宅，舟船车舆，光明显赫，都是因为放纵自心贪爱之欲，所以所看见的一切恶境都变化为优美境地。于是随自己所看重之处受生，都没有自由的机缘。龙与畜生，高贵与卑贱，也总没有一定。”

那僧人问道:“怎么才能得到自由的机缘?”怀海禅师回答:“现在面对五欲八风,情无取舍,污垢、清净之意都消亡。如同日月在天空,不因机缘而照耀,心如木石,也如香象过河,截流而渡,更没有一点疑惑滞碍。这种人,天堂、地狱就不能收摄。又诵读经文、听说教法之语言,都必须婉转归就自己。只是这一切语言教化,只是为了明白现在觉悟自己,完全不被一切有、无诸法诸境所转移。如是导师就能照彻一切有、无诸境诸法,如是**金刚慧**。

如此,就有自由独立的机缘。如若不能这么领会的,即使能诵得《十二韦陀经》,也只是称为增上慢,反而是在诽谤佛,而不是修行。诵读经文,听说教法,如是按照世人的看法,那是好事、善事,如是对明悟佛理之人等讲说这些却是一个心智阻塞之人,十地之人解脱不了,流入于生死河中。只是用不着寻求知解语义之句。知解属于贪欲,贪欲就变成了病。只是现在离绝一切有、无诸法,透过佛言三句之外,自然就与佛没有差别。既然自己是佛,哪里用得着担心佛不能理解此语句!只怕自己并不是佛,被有无诸法所转移,而不是自由自在。

所以理未建立，就先被福祉、智慧所载去，就如同是卑贱的使唤高贵的。不知首先建立理，然后再有福祉、智慧。

临机应变，撮土成金，变海水为酥酪，破碎须弥山为微尘，把一个意义看作无穷之义，把无穷之义看作一个意义。”

怀海禅师有时候说法完毕后，在众僧退堂的时候，突然叫住他们。众僧回头，怀海禅师问道：“是什么？”

百丈归寂

唐朝元和九年（814年）正月十七日，怀海禅师圆寂，寿年九十五岁。长庆元年（821年），唐穆宗诏赐怀海禅师谥号“大智禅师”，其灵塔名为“大宝胜轮”。

禅门规式

百丈怀海禅师因为禅宗自少室山达摩初祖发端，至曹溪六祖大师以来大多居住在律寺之中，虽然是别院居住，但是对于禅僧说法、住持等并不符合规则制度，所以常常牵挂于心，说道："祖师创宗是要延续传布教化大众，希望来世也不至泯灭，岂能给诸部阿笈摩教作随行？"（"阿笈摩"，即小乘教）

有僧人问道："《瑜伽师地论》《菩萨璎珞本业经》都是大乘的戒律，为什么不依从遵行啊？"怀海禅师回答："我所依从的并不局限于大乘、小乘，也不相异于大乘、小乘戒律，而应当折中博详简约，设置制度规范，务求其便于施行。"

于是创意别立禅寺。

凡具有道眼而又有可尊重之德者，就称为长老，如西域称呼道德高、年岁长的人为须菩提等名称一样。既为一寺教化之主，就居住在方丈，其名与维摩诘居士所居之室名相同，是为了表示这不是私人睡觉之室。不创立佛殿，只建立法堂的原因，是表示禅宗由佛陀、祖师亲自授受，为当代人所尊重。

禅院所聚集的学法僧，不分人数多少，也不分地位高下，尽数安排入僧堂中，依据入寺时间长短安排食宿。在禅堂中放置长连床，设置衣架，以挂搭道具。睡卧必须斜枕床边，向右侧吉祥睡，这是因为坐禅时间长了，稍微躺下休息一下而已。并要求具备四威仪（坐立卧行）。

除入室请教外，一任学法僧人随其勤勉懈惰，或上堂或下堂，升法座，主事僧与僧众雁立两旁，侧身聆听，宾主问道，激扬教宗旨要，以显示众僧是依据法规而住寺。

斋饭斋粥随人之宜，二时均备，务必节俭，表明佛法、饮食双运。推行普请法，表明上下均力。

设置十务，称之为寮舍。每务设首领一人，管理多人做事，令各司其职。

管理饭粥食品的叫饭头。

管理菜园的叫菜头。其他职名都仿此。

如若有僧人假借名号，匿藏行迹，混入僧众，或者别致喧哗扰乱寺内的人，即令堂维那检举，抽出那僧人在本寺的挂搭，命令其离开寺院，这是以安定清修僧众为重。或者有僧人犯法戒，就用拄杖杖责，并集合僧众烧毁他的衣钵道具，将他从偏门遣送出寺院，以给予其耻辱。详细制定这一制度，有四个好处：

第一，不使清修僧众被污辱，以使其生出恭敬信心。

三业（指身业、口业、意业）不善者，不可以共住一处，依据戒律应该使用西域戒法加以治理者，就应当驱除出寺院。清修僧众既得以安定，恭敬信心就自然生出。

第二，不污毁僧人形象，以遵循佛祖的规制。

随其罪错轻重而给予惩罚，如留下僧衣，后来一定会有所后悔。

第三，不扰动公门，以省免刑狱诉讼。

第四，不露丑于外，以维护禅宗纲维。

来自四方之人同居一处，谁能分辨其圣贤还是凡愚？况且如来在世之时，还有六群之党。何况现今为像末之世，难道能完全没有罪恶之人？但是一看见有僧人有过失，就雷同一例地加以讥讽责骂，却完全不知道这是以轻视众人而败坏佛法，其损失甚大。现今禅院中若有人犯过失，但危害不大，就应该依照百丈丛林清规条令，根据情节轻重而施以处分。况且立法为防止奸佞，并不是针对贤士。但是宁肯依从格令而使人无所违规，而不是可以当有人违规却没有处分惩罚条令。由此可见百丈怀海禅师护持佛法的功德何其盛大啊！

禅寺的独立设置，是从百丈禅师开始的。现在略微叙述一下《百丈清规》的大体要点，普遍指示后代学者，令其不忘本源。清规中的具体规章制度，寺院内都具有，此不备述。

感谢名古屋大学中文系主任入矢义高[1]博士和京都大学人文科学研究所的同行为翻译此章节内容提供的帮助。

〔1〕 入矢义高，Yoshitaka Iriya，1910—1976年。

7. 瑞诗凯诗和哈里德瓦之行

坐了一天的大巴，穿过德里北部绿油油的蔗田，来到了哈里德瓦[1]。换车后，又乘坐一小时，来到了瑞诗凯诗[2]。花了两卢布，坐上轻便双轮马车，来到了谷口和悉瓦南达[3]的精舍。

艾伦·金斯堡（Allen Ginsberg）、彼得·奥洛夫斯基（Peter Orlovsky），还有我和妻子乔安妮（Joanne）到此一游。艾伦去买票并核对时间，与此同时，彼得和我把背包抬到巴士顶部，乔安妮则坐到车里占座位。瑞诗凯诗是一个小城镇，正好坐落在下喜马拉雅山脉和西瓦里克山的入口处，恒河从

---

〔1〕 哈里德瓦，Hardwar，即Haridwar，印度北方邦西北部城镇，在恒河上游右岸，被称为众神的居住之所。

〔2〕 瑞诗凯诗，Rishikesh，印度最主要的瑜伽静修圣地，印度最著名的朝圣中心之一。据称，有数位瑜伽大师和圣人居住于此。

〔3〕 悉瓦南达，Shivananda，指斯瓦米·希瓦南达，他是20世纪最伟大的瑜伽师之一，印度瑞诗凯诗悉瓦南达修道院和神圣生活社团的创始人，国际悉瓦南达瑜伽吠檀多中心和国际瑜伽社团的先驱。精舍指的是道士、僧人修炼居住的处所。

山间流向平原。从哈里德瓦到瑞诗凯诗直至恒河峡谷，都是极为神圣的地带。《本生经》[1]中，将这里描述成圣人、神猴、神象的家园，还种植着广袤的杧果树。

晚上九点三十分，我们抵达精舍，被带到了一间地下室。上面是一个半成品的砖砌建筑，很多人没精打采地盘腿坐在地上，大概有三分之一是西方人。一个穿着驼毛大衣的大块头坐在一个有点类似诊察台的沙发上，念念有词“唵……唵……”[2]他剃了头，刮了脸。我们赶在傍晚“达显”[3]结束前来到了这里。助手、来宾和门徒正在享用香甜的热牛奶和油炸鹰嘴豆。悉瓦南达（Shivananda）大师问我们：“美国人吃油炸鹰嘴豆吗？”艾伦·金斯堡回答说：“是的。”

接着，悉瓦南达大师由两位年轻导师半搀半扶着，一步一步地走出去，回到了自己房间。他身

---

〔1〕 Jataka tales，亦称《佛本生故事》，是印度的一部佛教寓言故事集，大约产生于公元前3世纪。它是用古印度的一种方言——巴利语撰写的，主要讲述佛陀释迦牟尼前生的故事。

〔2〕 印度教咒语，表示空、天、地三界或梵天、毗湿奴、湿婆三大神。

〔3〕 “达显”，darshan，在印度教教义中指因看到伟人或圣人一面而得到的功德、得福、福德，这是一种对佛深深的敬仰。

高超过六英尺，看上去八十有余——看上去像一名前摔跤手。尽管瘸了一条腿，但是步伐依然矫健，由此不难看出，他先前肯定强壮有力。他出生在印度南部，是一位医学博士。他在马来西亚行医十年后，在瑞诗凯诗成为一名“三尼耶新”[1]。经过多年的瑜伽实践和研究后，他于1936年前后成立了瑜伽吠檀多森林学院[2]。

打着手电筒，沿着一条铺满碎石的小径回到了“冈仁波齐山”[3]。分到半桶水。覆满灰尘的小床上，混凝土地面上，都是睡袋。

早晨，看到溪水从山上流下（高山流水）。猴子和狗大战。八点，一个男孩带来一壶印度热茶，为我们倒到杯子里。目光顺着东南方向的恒河望去——陡坡上，相距较远的阔叶常青树间的土壤疏松而贫瘠。河对岸是一座三千英尺高的山，树木丛生。靠近山顶的地方，可见几处农场的标记。

---

〔1〕“三尼耶新”，Sannyasin，梵文，指舍弃三界、独来独往的修行者。

〔2〕悉瓦南达1936年成立了“神圣社团”，瑜伽吠檀多森林学院是该社团下的一个学院，成立于1948年。

〔3〕“冈仁波齐山”，Mt. Kailash，世界公认的神山，同时被印度教、藏传佛教、西藏原生宗教苯教以及古耆那教认定为世界的中心。而印度的印度河、恒河的上游都在此发源。

在精舍附近转了一圈，找到悉瓦南达阿育吠陀顺势疗法药品商店，买了一些“斯瓦米·希瓦南达（Swami Shivananda）牙粉”[1]。它把嘴巴染红了，一股火药味，有刮擦感。在餐厅就地而坐吃午餐，饭盛在扁平托盘里，吃饭时只用右手。吃的通常是素食类，这时的量更少而已。饭后，我们被告知第二天得离开精舍，因为有一大群客人预定参加湿婆节——湿婆夜[2]，不过，我们可以沿着恒河在萨旺格精舍找到住所，真正意义上的旅社——没有师父，没有课程。

当晚“达显”时，悉瓦南达给我们每个人（混杂着坐在人群中）发了一个信封，里面装了五卢布。一些年轻导师起身诵读富有灵感的著作，既有英语，又有印地语——这一小时稍微有些业余，因为每每悉瓦南达觉得无聊了，就会“唵”一声中断诵读。

悉瓦南达自我评价说：“我非常幸福、快乐，也让其他人感到幸福、快乐。我擅长寓教于乐。我通

〔1〕 在牙膏出现前，牙粉是人们最常用的牙齿清洁剂。
〔2〕 湿婆夜，祭拜湿婆神的节日，是追随湿婆一派的印度教徒最重要的节日，这一天的白天他们会禁食，夜晚则要守夜。

过幽默传播快乐。我尊重所有人……我总是说话温柔……我会边走路边冥想，也会边工作边冥想。我是一个不二论吠檀多学者[1]，而不是什么口干舌燥的吠檀多学者。我会对着驴、狗、树、砖、石等万物圣灵磕长头。”

第二天搬到了萨旺格精舍。每天可以免费划船十二小时。在一栋由砖和水泥建造的带阳台的长楼里，经理给我们安排了两间空荡荡的房间。房间墙上有一个壁龛，还有几个铁钩。有一扇带木栅的百叶窗。我们借来一些草席，把睡袋铺在上面，在铁钩之间扯了一条晾衣绳，往壁龛里放了一些花，又从外面的公共水龙头里接来一桶水。在婆罗门餐馆吃完印度酥油做的素食午餐后，我们步行穿过丛林和牧场，来到河边——一片有细白沙子的水湾。我们终于避开了巴特那和巴纳拉斯[2]咖啡色的恒河水，得以在河水中沐浴。这里的水清澈、寒冷。我们洗啊洗，将所有的衣服、头发、眼镜，以及炊具一一洗净，铺在巨石上，然后爬上一块岩石，

---

〔1〕 不二论吠檀多学者，Kevala-Advaita Vedantin，即绝对不二说论者，提倡梵我一元乃不生不灭、常住之真实，谓现象界一切皆唯识所变。

〔2〕 巴纳拉斯，Banaras，印度东北部城市瓦腊纳西的旧称。

等待所有东西晾干。

上游距离徒步旅行者通行的吊桥不远的地方，三个湿婆派苦行僧[1]坐在树下，旁边是一头畸形奶牛和一个募捐箱。乱蓬蓬的头发，长长的胡子，穿着豹皮缝制的衣服。抹上灰烬的皮肤泛着蓝光，那是湿婆喝了世间的毒药，变幻出的颜色。虔诚的彩照中，湿婆的形象是眼镜蛇缠身，带着水壶和三叉戟，和他胸部丰满的性感妻子和象头儿子，坐在神秘的高山上。“喜马拉雅山的宣传画”，后来，有人这样评价那些苦行僧。

萨旺格精舍：

“安娜—克希特拉（一家免费餐厅）：这里每天早晚两次向圣徒、圣贤，以及穷人们发放免费食物。”

“在这片神圣的喜马拉雅地区，种植杧果树是一大福业……到现在，已种下几千棵杧果树，所结果实对所有人都是免费的。”

3月3日上山寻圣人，看见一个穿着长袍的英俊男孩，头发卷曲，看上去有19岁，讲英语。他叫

〔1〕 苦行僧内部分很多派别，从大的角度划分，可以分为两大派，一派信奉毗湿奴神，一派信奉湿婆神。

普雷姆·瓦尼(Prem Varni),是一个少年修行者。他正在秋千上坐着,那秋千从河岸上一棵高大的开着粉色花的树上垂下来,下面长满了香蕉树。“我用哈他瑜伽[1]来娱乐,王瑜伽[2]来冥想。”

艾伦为他念了一首诗,他闭眼坐着,也赋诗一首作为回报:

“在我们永恒的旅程中
在无尽的道路上
神的慈爱将照亮
给予自由和宽恕的人
我能看到我的……心
可只有他是我的唯一……”

艾伦说:“我要吃香蕉来敬拜他!”

瓦尼看起来很惊讶,停止了作诗。他邀请我

---

〔1〕 哈他瑜伽,Hatha-yoga,“哈”的意思是太阳,“他”的意思是月亮。它代表男与女,日与夜,阴与阳,冷与热,以及其他任何相辅相成的两个对立面的平衡。哈他瑜伽意指阴和阳两种能量的“结合”或联合起来,达到身心之间的平衡,使我们保持理想的健康状况。此处指借助秋千练习空中瑜伽。

〔2〕 王瑜伽,raja-yoga,一种瑜伽形式,主要通过冥想来控制和运用心智的能量。

们和他一起吃无影餐，到头来却是空腹一场。气饱了。回到河边，过了河，去看下午悉瓦南达精舍的瑜伽教练——一个长头发、长胡子，名叫神石的年轻人所做的专门示范。在冈仁波齐峰顶，看了两个小时瑜伽表演，尝试了一些瑜伽姿势，包括翻眼、磨嘴。已至黄昏。

一艘小船朝岸边驶来。一个醉酒的尼泊尔人相貌的山区男孩，被两个同伴带到水边，一个穿着白纱丽的英国女孩也等在河边。猴子在森林里吼叫着。山上喷涌出一簇篝火。明天是湿婆节，也是大壶节[1]的第一天。

3月4日，早餐吃的是凉的普里面包和蜂蜜。下了几阵雨，冷冷的。我们穿过河，动身去哈里德瓦参加大壶节——大水壶的节日。大壶节每十二年在哈里德瓦镇举行一次，以庆祝修罗[2]和阿修罗[3]战斗时，有长生不老仙露洒落在这里（经过恒河）。大壶节持续两个月，有数百万名朝圣者参加。

〔1〕 大壶节，Kumbh Mela，又叫圣水沐浴节，世界上最大的宗教印度教集会。大壶节的具体时间是根据星相来的。当木星进入水瓶座区域，同时太阳进入白羊座时，就是大壶节的时点。水瓶座象征装着神露的瓶子，木星就像瓶子里洒出来的一滴神露。

〔2〕 修罗，Surs，即Suras，印度神话中的天神。

〔3〕 阿修罗，Asurs，即Asuras，恶魔。

木星位于水瓶座。3月21日，满月；4月2日，4月4日，4月13日，最后一天。

穿过丛林和几英亩刚刚砍伐过的空旷地，乘大巴来到了哈里德瓦。树下，是游牧民的营地和马匹。通过了萨特那莱恩森林警卫营的霍乱检查站。凡是没有证明的，都在那里打了一针。过去，大壶朝圣者的涌入，曾经导致霍乱在全印度扩散开来。

大巴在镇子边上停了下来。没车了，步行进去。人群。拿着陶碗的凝乳小贩，前倾着身子——加热器中的热牛奶在铜罐间来回倒腾。尘土旋转着从地上扬起，吹掉了遮阳篷，落到凝乳中。

开幕式游行：

天衣派苦行僧游行通过城镇：裸体苦行者。一个肥胖健壮、赤身露体、留着络腮胡的男人，挥着剑，跳着舞，牵着一头盛装的大象。他身上涂着蓝灰。还有约两百人站成三五排——各个年龄的都有，大部分都是长头发、长胡须，拿着海螺号角和三叉戟。

一长列剃着光头、穿着褐色长袍的上了年纪的女苦行僧——年老的女人相互支撑，呜咽似的唱了一首歌。她们经过警察前时，几排包着头巾、手拿带刺刀的步枪的士兵瞬间立正。

恒河洗去了所有沐浴者的罪恶。天衣派苦行僧使河水保持清洁。大壶节当天，他们必须率先进入河中，无论谁想抢先一步，都会被刺。几千人看着他们溅湿身体、喝恒河水、离开水中，然后迅速抹上新灰。冷静地讲英式英语的陆军军官，手握步话机，密切注视着这一切。到处都是他的手下。

艾伦和我思考着赤身露体的本质时，彼得躺在桥下农民和朝圣者身旁小睡了片刻——我们曾想过这么睡。

返回瑞诗凯诗购物：买了糖、盐、香蕉、甜瓜、橘子（还不到杧果的季节）和菠萝。一家当地机构给圣人提供饭的钟声敲响了，一列穿着黄色衣服或裹着缠腰带的人（真正赤裸的人常常在深山游荡）从河岸和树丛的隐蔽处走出来，穿过大街小巷，来到一间摇摇欲坠的砖砌建筑前。院子里备有一大锅米饭和一大锅咖喱蔬菜。从中各盛一份，放到每个圣徒或婆罗门圣人晃晃悠悠的午餐篮里。

从悉瓦南达的码头渡河时，突然下起雨来。躲在萨旺格一侧河边石梯的边缘下，等雨势减弱后奔回家，沿途在酥油餐馆买了一夸脱凝乳。在一个两英尺的赤陶碗中做了一个巨无霸水果凝乳沙拉——愉快的秘密渴望，所有我们能吃的——用山地步兵的锅子在一个小酒精炉上煮茶。山上电闪雷鸣，骤雨突至。湿婆夜。黑暗中，重击着远方的门。

一天，登上了萨旺格后面丛林蔓生的山。两次找不着路，吓跑了一群猴子。快到山顶的时候，出现了梯田形的小型大麦农场，还有穿着尼泊尔风格裤子的山里人。从山脊能看到远处根戈德里和凯达尔纳特间的白色山脉，很可能是伟大的喜马拉雅山的特里苏尔峰。

在一个峡谷里，看到五个天然洞穴，每个洞穴都住着一位苦行僧，其中一个洞穴前的指示牌上写着："Swami Mahavir Tat Wale Baba Hours 10-1，2-5"。[1]最远的那个洞穴，用筑起的墙壁很好地固定了一番，拥有质朴的艺术风格。洞主是位令人愉快的老先生，以前是大学教授，操着一口语速缓慢却优雅的英语。他已经下定决心，要在树林里度过晚年。

---

〔1〕 Tat Wale Baba，隐居在瑞诗凯诗的瑜伽师，一生居住在山洞中，每天抽若干小时与外人见面，很多人从遥远的地方前去拜访。

当天，打包行李，为萨旺格捐了点钱。作为回报，精舍送给我们一个有螺旋盖的黄铜小罐，里面装着从源头取来的恒河水。经过阿尔莫拉和旁遮普途中，水从我的背包里慢慢漏了出来，到孟买时，小罐已经空了。

1962年

8. 佛教与即将到来的革命

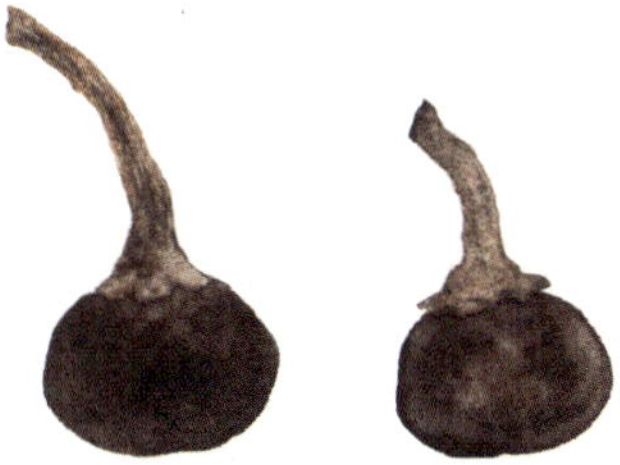

佛教认为，宇宙和其中万物都固有地存在于一种圆满的智慧、爱和慈悲的状态中，彼此之间自然呼应、相互依存。“我”无法达到本初状态，只有放弃“我”，达到“无我”，它才会实现。

在佛教徒看来，阻碍人们达到这一认知状态的是“无明”，它表现为“恐惧”和过多的“索求”。在历史上，佛教哲学家们认为恐惧与欲望是人类固有的状态，却并没有分析出无明与痛苦由社会因素引发的程度。其结果，佛教哲学主要关注的是认识论与心理学，而忽略了历史与社会问题。尽管大乘佛教有普度众生的宏伟愿景，但佛教的实际贡献却是发展了冥想实践体系，从而将少数虔诚的个体从心理困境和文化制约中解放出来。无论所处何种政治体系，经院佛教明显做好准备，接受或忽视该体系中的不平等和暴政。这对佛教可能是致命的，因为它意味着任何慈悲的、有意义的功能的灭亡，而没有慈悲的智慧是感受不到痛苦的。

如今，论及当代政府、政治和社会秩序的本质，没有人是无辜的或一无所知的。西方现代世界国家体制得以维持，靠的是有意激发的渴望以及人们对可怕的勒索保护费行为的恐惧。“自由世界”在经济上依赖于一种奇妙的体系，它将人们置入无尽的贪婪、无穷的淫欲以及无处宣泄的仇恨中，煽动人们与自己对立，与本应去爱的人作对。冷战环境已经严重歪曲了所有的现代社会中的人类的真正潜能。这种环境滋生了“preta”——贪欲极大、咽喉如针的饿鬼。土地、森林和所有动物的生命正在被这些肿瘤般的种群消耗着，空气和水也在被污染着。

无论是人的本性还是人类社会组织，本质上都没有要求一种文化是矛盾的、压迫性的，而且会让人变得暴力或失意。人类学和心理学的最新研究成果更加明确了这一点。人们可以亲自证明，通过冥想能够很好地洞察自己的本性。一旦一个人拥有了这样的信念和洞察力，就必须有人通过各种有望达到的非暴力的方式，引导他去深切地关注剧烈的社会变革。

佛教安贫乐道的精神成为一种积极的力量。它拒绝伤害、拒绝以任何形式杀生的教条具有震撼国家的影响力。

华严宗佛教哲学将世界视为一个巨大的相互关联的网络。所有的物体和生物都是必不可少的、受到启发的。从某个层面上看，政府、战争，或是所有我们视为“恶”的东西，都无一例外地属于极权主义的范畴。鹰和野兔是一体的。从“人类”角度来看，那些术语对我们并不适用，除非众生都用慧眼来洞察一切。菩萨以受难者的标准生活，他要有效地去救助那些受苦受难的人。

西方的慈悲引发了社会变革，而在东方，它只是一种对“我/空”的个人顿悟。无论是社会变革还是个人顿悟，都为我们所需。它们都包含在传统的修佛三学——“慧、定、戒”中。“慧”是对于爱与明的直觉性认知——它们常常被自我驱使的焦虑及侵犯所蒙蔽；“定”是进入内心去领会智慧，如此反复，直至它与你的内心合一；“戒”是在你的生活方式上体现出智慧来，通过个人榜样与负责任的行为，最终形成真正的僧团。在我看来，“戒”意味着支持一切通往自由的、国际的、无阶级的世界的文化变革和经济变革；意味着采取诸如“公民不服从”“自由言论”“自由抗议”“和平主义”“安贫乐道”甚至温和的暴力的方式，去遏制某些鲁莽好斗人士的行为；意味着重视智慧和学习，但并不把它们当作贪婪或获取个人权力的方式。忙于自己的职责，又乐于团队合作。“在旧社会的框架内形成新社会”——50年前世界产业工人组织（Industrial Workers of the World，I.W.W.）的口号。

无论如何，传统文化的气数已尽，我们不该对它们好的方面紧抓不放，而应记住其他任何文化的现在和过去都可以通过冥想从潜意识中重建。其实，我个人认为，即将来到的革命将会画个圈，使我们在很多方面与我们古老的过去中最富有创造力的部分连接起来。如果幸运的话，我们有可能实现一种完全融合的世界文化，一种母系继嗣、婚姻自由、采取自然信贷的经济制度，有更少的工业和人口，更多的国家公园的文化。

9. 格拉希尔峰荒野保护区

1965年9月1日　从北福克索克路到日出湖

宾利谷约有4500英尺。皮尤溪的那条岔道山路和怀特查克河附近的山路，都是杂草丛生。距离朗德湖还有两英里，翻过山脊，还有很长的路要走。沿途没有地方宿营。我想起来了，日出湖在0.75英里以外的地方，它与朗德湖原来是同一个湖。要不是偶然碰到两个地质调查局的人，到这里调查小径，想找出未来两年会出现的岩床，我都不知道庇护所在哪里。他们解释说，它在岔道300英尺以上的地方，没有任何标记。我走到那里，没有地方宿营。不过，靠近日出湖的出水口的小径，是宿营的好地方。日落时，云都消散了。可半夜时分，又有云压下来了。

> “直接上到48号‘Z’字形山路！”吃力地走着。和贾斯汀（Justine）聊天说，快乐不像有些人想的那么简单——恶心、出汗、扭伤（啊，达到人的身体或耐力的极限）是一种乐趣。

能剧中的《山姥》——永远在山上行走，在高山峻岭中穿梭，穿过红色落叶、冬季暴雪、春日黏黏的桤木芽和夏日里的蜜蜂。贾斯汀看着我远远地走在前面。她赶上我时说，“你已经表明……你属于大山”——只有当人们是自然的时候，才属于大山，而自然是女人。

9月2日　从日出湖到伯恩湖

云雾蒙蒙，偶尔会有阳光照下来。斯隆山和贝道尔山

锁 在 云 雾 不 得 见 。

九点半离开。小径淹没在草地中。把下面一个池塘误认为“哈塔克湖”，到达真正的哈塔克湖时已是午后两点半。

回到之前一个池塘附近
在长满石南属植物的陡坡上吃午餐
像头野兽般小心翼翼地走过去

尽管周围冷飕飕的，贾斯汀还是脱光衣服，洗了洗乳房和胳膊。她的牛仔裤和湖边的莎草以及山坡的石南浑然一色，头发则是山风吹来时的颜色。

[皮尤溪汇入怀特查克河
怀特查克河汇入索克河
索克河汇入斯卡吉特河
斯卡吉特河汇入普吉特湾。]

老鼠、小羊、人类，还有鲸
都喝母乳

北福克索克路		
怀特山根据地	5号路	→
怀特通道	9号路	→

9月3日　从伯恩湖至肯尼迪温泉

冷山，冷山。从哈塔克湖到伯恩湖，两英里，走了两小时。冷风冷雾——“雾人，**走开！**”扎营，搭帐篷，挖排水沟；火烧得很旺；不过夜间没下雨。艾伦（Allen）的“*唵*”声。他真正错过的是风景。

山里，阴天。哆哆嗦嗦地坐在火堆边，一会儿记录，一会儿说话，内容都是我们做的梦。

湖南面的山脊上，向布莱克山望去，再往上是天际线，白色的小东西，最后变成了三只成年山羊和一只小山羊。沿着山坡在雪上慢慢地走着。山羊小道正好通向这里，沿途有少量的白羊毛黏附在高山铁杉和高山冷杉上。

沿着小道向上走去。像藏族人一样健步如飞。雄伟的景观似曾相识，可见路线是对的。不同之处便是：一个日本伐木工；中国画卷中背井离乡的游人。

艾伦和贾斯汀在身后某个地方，唱诵着

哈里　唵　南无　希瓦[1]

一群渔民——两个男人、一个女人和一个小孩，奋力地沿着小径爬上来，来到我们跟前。艾伦很有礼貌地看着他们，向他们解释说："我们是'森林垮掉派'的成员。"

肯尼迪温泉——用斧子劈开的粗糙的雪松木材搭建的步行桥。防护站。上前聊了会儿，得知在四十年代，防护员的妻子曾在索尔道山瞭望台工作了四年。

温泉，距离怀特查克小河十码远，橙色或藏

〔1〕 Hari OM Namo Shiva，即"礼赞至尊主湿婆"。

红色的沉积物顺着坡落下来，矿坑——一个深的方井，里面沸腾着黄色的热水，外面围了一圈香柏木——正好，日本公共浴室的热度。我们都跳进水里，漂浮着向上看，从最暗处的“V”字形的裂缝谷底，越过黄杉枝，看到了天上的云朵。地质之神混浊的溢满灯芯草的内脏水在我们的脚趾间涌动——拥住贾斯汀，在水中轻轻浮动，控制住她身体的重心，她的眼睛紧闭着，头上是不规则的枝丫和灰色的天空。

坐在岩石上，看雾气腾腾
冷山，冷山
点点山羊白
点缀了整个山谷

贾斯汀裹着红头巾，容光焕发地走回去做晚餐。家里炊烟弥漫的阴暗小木屋——安全又温暖。要是没有啃人头发的老鼠就好了。

9月4日　肯尼迪温泉到怀特通道

怀特查克小径
←　怀特通道　10
←　卡斯卡特雷斯特Tr　2

卡斯卡特雷斯特小径
印第安通道　13　→
怀特通道　7　→
←　米尔克溪通道　9

滑落的大圆石上厚厚的苔藓。成熟的越橘。

阳光的碎片撒进峡谷里

怀特查克河

白色泡沫落下，

穿过云杉和铁杉的顶端

白色的行云。

黑色的辉煌。

九月的群山，
成熟的越橘
一些老蚊子
翅膀冰冷。

9月5日　怀特通道营地

今天检查了去怀特查克冰川的路线

怀特通道
印第安通道　3　→
怀特河小径和印第安河小径　→
蓝湖路　5　→

从铁砧凹口到怀特通道后视：方位角193°
从铁砧凹口到凹地；　　方位角35°
从铁砧凹口到怀特通道需要45分钟。

由于脚上磨出了水泡，贾斯汀一整天都待在悬崖边高山铁衫从庇护着的营地中，艾伦和我跑上山脊，一睹冰河峰和怀特查克冰川的风采。

西边的蒙特克里斯托山脉，像一堵凹凸不平的墙。

9月6日　攀登冰河峰

凌晨4点起来。冷穆兹利[1]——在山上吃的烂糊食物——星光璀璨的夜。*猎户星座在上升。*

——的确如此。

——出　发——

第一阶段。

爬上庇护所上方长满草的斜坡后，因为忘了拿金线绳，又返回营地。贾斯汀把所有睡袋都裹到身上。艾伦的烟在黑暗中发光。约德尔调[2]从山脊

---

〔1〕 冷穆兹利，muesli，一种用碎果仁、干果和谷物混合制成的早餐食物。

〔2〕 流行于瑞士和奥地利山民之间的用真假声急变互换的一种无词歌唱。

最高处传来。

第二阶段。

几乎没开手电，沿着山坡小道在黑暗中爬到第一个悬崖，第二个悬崖，前面有危险，闪避。来到铁砧凹口。大雪。

第三阶段。

走过长满草的小路，来到一片雪原的最高处。沿着陡峭而松动的碎石坡的边缘，穿过一片狭长地带——一条短小的山脊和另一片雪地。从一些岩石下来后，转向冰碛谷方向。雪的下面，是冻结的小溪。

第四阶段。

来到冰碛凹地，小心翼翼地走过大卵石，走上冰冻的泥地。池塘结了冰。不断地攀登，还是没有见到冰川。天亮了。趁着日出前聚集的曙光，能看到雷尼尔山和贝克山了。靠近怀特查克冰川的边缘。

第五阶段。

将绳子串绑起来爬冰川。冰冷晶莹。举步维艰，不过，实际上没必要用冰爪或绳子。下面是垂直的岩壁，就像阿布鲁齐公爵[1]探险之旅中拍摄的喀喇昆仑山的照片。从东北方向的尽头直至山脊，都有积雪。爬上了侧面的岩石——怀特查克冰川和苏伊阿特尔冰川（Suiattle Glacier）之间的最高处。整轮的太阳照耀在我们身上。不得不沿着雪往下走。经过两块小石滩后，再次攀爬，爬向鞍状的浮岩山脊——我堆起的高如纪念碑的堆石界。

第六阶段。

在堆石界标附近发现了一块银色朽木，有模糊的刻痕，上面写着“巴克斯通道”。往下不远有一个池塘，位于雪地正下方，对着岩堆。下去喝水。打破结冰的水面，破碎的冰块顺着冰层滑

---

〔1〕 阿布鲁齐公爵，Duke of Abruzzi，1873—1933年，意大利登山家、探险家，萨伏伊王室成员。

落，发出清脆的声响，最后静静地滑入别处无冰的水面。

苏依阿特尔河谷外，是条条山脊。爬上浮岩山脊——不过是一堆岩屑。规划了路线——穿过巧克力冰川的下游或上游的凹口。

第七阶段。

在冰和岩石的边缘，再次串绑起来向上爬。这里是晴天，可以看见一副山羊骨架，上面还粘着一些羊皮。有人取走了羊角。从冰川上勾画东边的轮廓线，只有一些冰隙。岩石从顶峰的悬崖上翻滚下来。来到了冰瀑。一汪水在脚下流淌着，它的下面是冰，上面覆着雪。用冰镐凿了一个水槽，等它注满水后，喝了些。两次错误的尝试后，找到了一条穿过冰瀑的好路径，爬过了那些滚落的大冰块。

第八阶段。

“到山坳去。”冰川上部满是宽大的裂缝——

横穿冰桥，来到一个较高的岩石边缘。在两个巨大的裂缝中间，能清楚地看到我们俩。在其附近，却觉得已穿过。艾伦·金斯堡（Allen Ginsberg）抓着我的绳子，拴牢。往冰桥顶端走时，一只蜜蜂嗡嗡地叫个不停。它把我当成某种肉类花了。

第九阶段。

一群鸟叽叫着飞过岩石边缘，又消失了。又是浮岩。脱掉冰爪，走上光滑的岩石，很累人。一个半小时到达顶峰。马扎玛盒子被拴在一块岩石上——一个积雪覆盖的波峰，周围都是山，一座又一座。我笑个不停。艾伦还在往上爬。

罗斯·皮特里（Ross Petrie）前天刚到过这里。他和一群波特兰来的登山者一起从另一面爬了上来。得知他还在爬山，我挺高兴的。他的名字一定会出现在他手中的登顶名册上。

如此多的山，在如此晴朗的日子里。思想动摇了。希望有点硬面包、奶酪和少量干果之类的小东西。从加拿大到俄勒冈州，东边和西边的山脉，奥运会的蓝调越过了朦胧的普吉特海湾。

——返　程——

沿着浮岩跑到了山坳。

系上绳子，在裂缝间迂回而行，大步走下冰川。麻雀在雪上啄食风吹来的种子？在我们下面，一架喷气式飞机在怀特查克河谷上空嘶嘶作响。

滑行着穿过怀特查克——穿过了雪泥晶体、泥土、地表水和冰下的水。苏伊阿特尔冰川上可见一个巨大的鞘状山洞。

踏进融化了的深及筒靴的稀泥浆里。

穿过在阳光下绿意萦绕，长满苔藓的冰碛石，和上面的风景比起来，这里温暖，具有田园气息。

回到了铁砧凹口。夕阳，墨绿。山脊上。约德尔调从最高处传来。迈着沉重的脚步行进。沿着边缘抵达怀特通道。营地就在下面不远的地方。火炉烟囱冒着烟。贾斯汀在门口，端着热腾腾的肉汤。里面黑乎乎的，还烟雾缭绕。现在刚刚傍晚，克里斯托山顶峰后面的光线渐渐暗淡下来。脱掉令我疲惫不堪的靴子。

9月7日　怀特通道

来到山脊上的一片草地，在阳光下，铺上装饲料的燕麦麻袋躺下。绿草、蓝天、白雪块。垂死的嚏根草，夏天结束了。

晨浴。绿绿的，绿绿的，是怀特山的一侧。

深深的，深深的，是下面的山谷。

用一把锹背单刃手斧劈柴。

庇护所内部像一间原始的日本农舍。

下午，顺着小径走，沿途吃着深蓝色的越橘。进入谷底和林荫处的怀特山庇护所。横切锯和头顶上空烧过的轮裂木制的招牌。胡椒、糖、面粉。

卡斯卡特雷斯特Tr

← 米尔克溪通道　17½

迪什潘隘口　7　→

印第安通道　4　→

1965年9月8日　从怀特山庇护所到斯隆溪

沙龙白珠树、臭菘草、北美刺人参、俄勒冈葡萄、铁线蕨。

上午11点半，到达斯隆溪和集材通道[1]。

一辆敞篷卡车和一些拿着短条链锯的年轻伐木工。

我问他们：

“你们为什么要修剪沿路的灌木丛？”

“——林业局又不剪——

只能自己动手了——

这么一来，我们往外运木头时，就不会轧到彼此了。”

---

〔1〕 指在木材伐区至木材装车场或山场之间修建的专供集材作用使用的道路。

10. 航行到比印度更远的地方

“这将是一次古代氏族关于自由、平等、友爱的更高形式的复兴。”

——**路易斯·亨利·摩尔根**[1]

部落

1967年1月14日在旧金山举行的著名的“人类大聚会”(Human Be-In)被称为“部落的集会”。两张海报：一张是根据一位湿婆派苦行僧的照片制作的，照片中，他的长发和胡须都是乱蓬蓬的，上面布满灰尘；另一张是根据某个大平原印第安人[2]

〔1〕 路易斯·亨利·摩尔根，Lewis Henry Morgan，1818—1881年，出生于纽约州奥罗拉，是美国著名的民族学家、进化学派人类学的主要代表人物之一。从家乡的易洛魁人开始，推而广之，深入研究了原始社会人类的社会制度、姻亲制度、氏族制度。1851年出版的《易洛魁联盟》是世界上最早的印第安人民族学著作。

〔2〕 大平原印第安人，Plains Indian，过去居住在美国和加拿大的大平原地区的北美印第安人。

骑马参加一个帕瓦仪式[1]的蚀刻版画所制。昔日握在左手中的卡宾枪，如今已被一把吉他代替。印度人和印第安人。那些部落包括伯克利部落、北海滩部落、大苏尔部落、马林郡部落、洛杉矶部落，以及东道主海特—阿什伯利部落。还有一些从纽约、伦敦和阿姆斯特丹来的外来者。当天，在一个马球场上，衣着华丽的大人带着孩子，聚集在一起，有些人甚至打着横幅。他们是家族。

旧的大房子被一群人共同租下了，里面住着已婚夫妻、单身人士（或者其他什么组合）和他们的孩子。有时候，尤其是在摇滚乐界，同一些声光色电俱全的摇滚乐队成员在一起时，他们会为那份富有创造性的工作共同努力。他们甚至可能是一个合法机构。有些是偏远乡下处于生存状态的农民，有些是小城镇的承包商和木匠。一个姑娘留在家里照看所有的孩子，其他姑娘外出工作。所有人一起做饭、吃饭，他们很可能是吃糙米的素食者。若某个团体在一起待了一段时间，就会拥有一个既神

〔1〕 帕瓦仪式，powwow，是北美原住民印第安人的一项传统仪式，已有数百年的历史。举办时，不同年龄的印第安人聚在一起，载歌载舞，相互交流。

奇又自然的俗称。这些居民为独行者和流浪者在城市以及乡下提供活动中心，为分散的小规模嬉皮家庭提供聚集场所，为附近处于青春期探索的孩子们提供了庇护所。家族酋长们有时会聚在一起讨论大问题——警察或治安部门的骚扰、突袭、反越战方案、舞蹈和集会。

所有这些都是众所周知的。坚定的、彻底的部落成员为数不多，不过，有大量的未被察觉的秘密成员穿梭在各行各业，只有在特殊时刻才会戴上串珠、插上羽毛。他们有的在学术界，有的在法律界或精神病学界——真正大有用处的朋友。

然而，尽管对于刚刚从郊区而来的年轻的嬉皮士而言，“垮掉的一代”早已是过去式，可这次集会并没有什么非常新鲜的东西。好几个世纪以来，西方人一直生硬地做着用崭新角度审视内心世界和精神领域的准备。即使是在19世纪唯物主义的中心，也有虔诚的精神探索者——有些在基督教内部，有些在艺术领域，有些在神秘圈内部。威廉·巴特勒·叶芝（William Butler Yeats）就是证明。在我看来，伟大的亚文化正在浮出水面（以一个特别的“美国人”为化身），这种亚文化或许可以追溯到旧石器时代晚期。

这种先觉者的亚文化在所有的高级文明中都是一股强大的暗流。在中国，它显示为道教，不止是老子，还有后来的黄巾起义和中世纪的道教秘密团体，以及截至宋朝初期的禅僧们；在印度，各种思想汇集到一起，产生了密宗；在西方，它主要表现为一连串以诺斯替派为开端的异端学说以及民间层面上的巫术。

密宗佛教，又称金刚乘，很可能是对这种古代萨满式的瑜伽的诺斯替派的社会经济学观点做出的最完善也最现代的陈述。它认为人类的母亲是自然，自然理应被温柔地对待；认为人的生活和命运是一种自律式的自由状态下的成长和开悟；认为神已经化为肉身，且那肉身是神圣的；认为我们不仅应该去爱，还要真正地相亲相爱。在过去，这样的观点一直受到严厉压制，人们认为它对教会以及国家都是一种威胁。

家庭

路易斯·亨利·摩尔根（卒于1881年）是一个

纽约律师。他的学会要求他仿照易洛魁联盟去整治该学会。他的研究使他成为部落权利的辩护者,并开启了他作为业余人类学家的生涯。他的主要贡献是广义的社会进化论,时至今日,这种观点仍然有用。摩尔根撰写的《古代社会》激发恩格斯写下了《家庭、私有制和国家的起源》(著于1884年)。该书初步探索了妇女权利、性欲和家庭的关系,并阐述了他对财产及权力的态度。书的轴心内容是母系继嗣习俗的革命性意义。恩格斯借鉴了摩尔根的研究成果——易洛魁人是母系继嗣的。

家庭图解史:

猎人和采集者——在公共家族里实行松散的一夫一妻制,通常按女系,即母系来计算世系。

早期农学家——倾向于群婚和一妻多夫,延续了母系继嗣和更小规模的家族。

游牧民族——倾向于更严格的一夫一妻制和父系继嗣,享有充分的婚前性自由。

铁器时代农学家——财产开始累积,家族制度变为一夫一妻或多妻制和父系继嗣。关心继承人的合法性。

到目前为止,文明指的是一种父权家长制家

庭。其他任何制度都使太多富有创造力的性活力排放到毫无效益的渠道中。在西方,家族或氏族,渐渐消失了,社会组织最终被政治组织所取代。在政治组织内部,不同的以男性为主导的家庭在竞争着,这就是现代国家。

莲花中的宝石

19世纪90年代,在芝加哥举行的世界宗教会议上,最引人注目的两个人是斯瓦米·维韦卡南达[Swami Vivekananda,室利·罗摩克里希那(Shi Ramakrishna)的信徒]和日本临济宗的代表——圆觉寺住持释宗演禅师(Shaku Soyen)。释宗演禅师的翻译是一名大学生,叫铃木大拙(Teitaro Suznki)。罗摩克里希那-维韦卡南达一派出版了大量书籍,建立了遍及西方世界的吠檀多中心。1907年,在释宗演禅师的指导下,一小群禅僧(释宗演弟子)在加利福尼亚的海沃德市种植了草莓。第一次世界大战前,后来被称为曹溪庵禅师的佐佐木指月(Shigetsu Sasaki)正在太平洋西北大区的林地漫游。他住在坐落于普吉特海湾的一个小岛上,与印第安人为邻。今天，在生物化学家的图书馆里以及大苏尔（Big Sur）地区吉普赛人露天营地中月桂树下的礁石上，都能找到铃木大拙的著作。

一个叫沃尔特·Y.伊文斯-文茨（Walter Y Evans-Wentz）的加利福尼亚人，意识到他家辽阔的牧场的确有灵魂存在。他去牛津学习凯尔特人的神仙信仰，接着又去锡金[1]向一位喇嘛[2]学习密宗佛教。他最著名的书是《西藏度亡经》[3]。

在几个美国城市里，传统的临济宗和曹洞宗禅堂正在蓬勃发展。

异教徒

“当亚当耕田、夏娃织布时，
贵族老爷在何处？”[4]

伊甸园黄金时代的回忆是对文明极其不满的

〔1〕 锡金，Sikkim，南亚国家，首都甘托克。
〔2〕 喇嘛，即卡孜·达瓦桑珠。
〔3〕《西藏度亡经》，The Tibetan Book of the Dead，又称《中阴解脱经》，公元8世纪时被写成经文。需要说明的是，该书的英文译者是达瓦桑珠，伊文斯·温兹只是编辑出版者。
〔4〕 这是14世纪时，英国教士约翰·波尔面对社会不公喊出的口号，后来变成著名的歌谣帮助唤醒了农民对自身权利和自身实力的意识。

真实表达。回到过去男女更自由地相处，有更多的歌舞，没有农奴、教士和国王的社会。

这个千年梦投射到了基督教文化的未来，成为很多异教生存的土壤。这个梦想刚好传承到了我们这个时代——关于生态平衡、无阶级社会、社会和经济自由。它实际上是出现在我们面前的可能的未来之一。对于那些顽固地认为“它违背了人类的本性”的人，我们只能耐心地说，你们必须知道你们的本性，才能说这话。几千年来，那些深入探讨人性的人就一直在告知人们，如果我们愿意去训练自己，愿意去开拓、探索和发展，就无所畏惧。

影响最大的中世纪异教是自由者兄弟会，希罗尼穆斯·波希[1]很可能就是其中的一员。兄弟会认为上帝是万物所固有的，一个人一旦有过上帝在其体内的经历，就变成了一个自由者，他就再度生活在了伊甸园中。兄弟会的兄弟姐妹们赤裸着举行会议，慷慨地与他人分享着实践经验。他们“精妙的论据让教士大吃一惊”。人们抱怨说：“他们没有制服……有时的穿着昂贵而暴露，有时却非常寒

〔1〕 Hieronymus Bosch，1450—1516年。荷兰多产画家，作品多描绘罪恶的人类道德的沉沦。

酸，具体穿什么要根据时间地点来定。”整个德国和苏格兰低地都有自由者们的秘密会所，他们可以自由地漫步其中。他们主要的支持者是组织严密的富有的织工。

被带上宗教法庭时，他们被控的罪名不是巫术，而是人类神圣论和放荡狂欢。几千人被烧死。今天，还有一些人对亚文化的专家怀有同样深的敌意。或许，这与其说是由奇装异服和违禁品引起的，不如说是由对“爱”的疯狂的坚持引起的。从某种程度上讲，西方基督教文化强烈希望爱能赢，而那些（经过几次荒唐的尝试后）已经断定爱赢不了，还硬说能赢的人，无异于旧梦中出来的鬼魂。

爱始于家庭及其可靠的性爱关系网。家庭结构的微弱变化，也会通过整体文化使得“爱与财产”的前景变得不同……基督教异端的自由性爱主义就是这样产生的。这是真正的危险边缘。狮子能和小羊躺在一起吗？

白印第安人

当今美国家庭是有史以来规模最小、生育最

少的。新婚夫妇独自搬进一座房子或一套公寓，没有叔叔或祖母与他们同住，生的孩子也很少超过两三个。孩子们和同龄人生活在一起，早早地就离开家。很多人甚至连一点家庭观念都没有。

我记得18年前在俄勒冈州波特兰的一个公共会所坐下来吃圣诞晚餐时，在座的人中，大约有12个跟我一样，他们都不想回自己家去。在那里，我第一次感受到了与同伴间的和谐及组织归属感。第二次世界大战结束以来，美国各地成千上万的男男女女都有这样的体验。因此才有了关于“新社会”发展的讨论。但是更多的，这些聚会就是人们在一起共度时光——聊天、钻研、做爱。因为在一起“浪费”了大量时间（没有电视），他们对彼此的了解比大多数美国人对自己家人的了解还要多。以相互启发为准则的团体的出现也就成为可能。他们视自己为一心一体——那些异端的英国激进者的“一只眼睛”〔1〕。撒哈吉亚〔2〕的意思是“天生在

〔1〕“一只眼睛”，single eye，《圣经》上说：你的一只眼睛若亮了，全身就光明。这里的“一只眼睛”不是说人的双眼要瞎一只，而是指人体的第三只眼。当外面的灯熄灭了，心中的灯就会亮起来。

〔2〕撒哈吉亚，Sahajiya，较通俗化的金刚乘传统，即自然主义传统，在孟加拉国持续了一段时间。

一起”，这是孟加拉国坦陀罗社区传统新开的花。

工业社会看上去确实完成了。我们中的很多人再次成了猎人和采集者。诗人、音乐家、流动的工程师和学者，真相挖掘者、探索者以及在基础雄厚的领域留下印记的调查者。在某种程度上，如果类似兰德公司[1]或中央情报局这样的特大猎人雇佣兵团能够被生态良知——他们容易受此攻击——所改变，他们就可能属于未来。我们中的一些人出于好玩，学着做橡子面、搜集海藻、丝兰属纤维、捕兔陷阱和弓箭狩猎等古老的技术，从字面意义上讲，他们也是猎人和搜集者。在前哥伦布时期墨西哥北部的美洲，印第安人最密集的地区是加利福尼亚的马林郡、索诺玛郡和纳帕郡。

最后，回到刚才谈到的摩尔根和恩格斯。性道德和家庭正在朝同一方向变化着。我们不应该认为这是“家庭的解体”，而应视其为向新式家庭的过渡。我想，或许在不远的将来，女性自由和部落精神会使我们以任何乐意的方式将形式化婚姻关系变成可能，无论是群婚、一夫多妻、一妻多夫，

---

〔1〕 兰德公司，Rand，设在美国加利福尼亚州的一家思想库，专为政府，特别是空军作战略情报分析研究服务。

还是一夫一妻。我用“形式化”一词，仅仅是为了将它们公之于众，加以神圣化，并将家庭视为神圣生态的一部分。母系继嗣似乎是大势所趋，因为它更简单、更自然，打破了财产积累于个体家庭的倾向。这样的家庭已经存在。克诺索斯[1]被破坏以来，他们的孩子在人格结构和人生观方面就同西方文化历史长河中的所有人不同。

“航行到比印度更远的地方！
你的翅膀真的能飞行这么远吗？
灵魂啊，你真的要作这样的航行？”

〔1〕 克诺索斯，Knossos，是克里特岛上的一座米诺斯文明遗迹，被认为是传说中米诺斯王的王宫。

11. 为什么说是部落

我们使用“部落”这一术语，因其暗示着如今在工业国家中形成的新团体。当然，在美国，这个词语与美洲印第安人有关，这是我们所喜欢的。事实上，这一新的亚文化群，更加类似于古老而成功的部落——欧洲吉普赛人——这样一个群体，无论身处哪个国家，即使没有自己的国家和领土，也依然维持着自己的价值观念、语言与宗教。

部落提出了一种完全不同的类型：它建立在社区之家、农村以及静修处；部落经营着农场、工厂或公司，大型的开放家庭；在从一个中心到另一个中心漫游的基础上，部落综合了甘地（Gandhian）的“农村无政府主义”和世界产业工人组织的工团主义思想。早在几年前，信仰甘地主义的理查德·格雷格（Richard Gregg）和阿帕·帕特沃德罕（Appa Patwardhan）就根据这些思路写成了有趣的创见性小册子。部落推崇个人责任，而非抽象的中央集权政府、税收和广告公司加黑手党型的国际洗脑公司。

在美国和欧洲，从第一次世界大战末期到现在的五十年间，由于现代国家的荒唐举措越来越多，部落已经逐渐发展起来。随着被冷落的知识分子、创新人才和与社会格格不入的人数量的增多，他们开始凭借各种微小的信号来识别对方。在30年代和40年代早期，这些人中的大部分被引上共产主义道路。所有的无政府主义者、左倾分子和许多托洛茨基主义者本质上都是部落成员。

将兴趣从辩证法转向早期道教思想的辩证法——《易经》和阴阳学不难，从道教到印度的哲学和神话学也不难。后者浩瀚，触动人心灵的最深处，并对宇宙的终极本质进行了阐述。这种阐述同现代物理中最尖端的思想——真理，不管它是什么——几乎完全相同，被称为“达摩”。

只有抽象的哲学理解是不够的。紧接着，人们开始关注如何通过体验的方式，深化一个人的理解。在这一点上，包括我自己在内的很多人，在佛法中发现了一个实用的方法，消除由自身局限而生的琐事、偏见和错误的价值观，更重要的是，我们还找到了解决如何洞察内心最深处的“非我之我”这个基本问题的方法。今天，有很多人在探索禅道、密宗、瑜伽、萨满教。佛法是场漫长而温和的人类对话，是持续了2500年的关于人性的本质和永恒的达摩及如何修成达摩的安静对话。

在这一点上，细细审视东西方历史之后，我们中的一些人注意到了某些细小但有影响的异教运动的相似之处。这些思想流派及其实践活动，无论出现在哪个社会，通常都会被压制削弱，变得无害。纵观历史，欧洲的农民巫术、孟加拉的恒特罗教、英国的贵格会、日本的立川流[1]和中国的禅，都是伟大亚文化的突出代表。这种传统，从古西伯利亚的萨满教及马格达林期[2]的洞穴壁画开始，通过远古时代的巨石碑和奥秘、天文学家、仪式家、炼金士、阿尔比派教众、诺斯替教徒、漂泊者，直到金门公园延续下来，全无间断。

伟大的亚文化有一部分与官方宗教连接在一起。不同的是，它传递着一种社区式的生活方式，展现出精神与肉体之爱令人陶醉的幻象。出于非

〔1〕 立川流，Tachikawa-ryu，日本花道的一个流派。
〔2〕 欧洲西南部旧石器时代晚期。

常基本的原因，它反对“文明”建设。

亚文化教给我们要信任并遵循人类的本性；寻找中心时，不必在意外界强加的模式和规则；遵从内心，是真正的“道德”。它已经意识到，若要“遵从内心”，有必要彻底地看清潜意识里的消极和魔性，对其加以辨认——象征性地表达出来，这样人们就得到解脱。亚文化通过这种深刻的驱魔和仪式性的场面，打破了教会和国家对于必要功能之要求的唯一可信的说法。

这一切对文明来说都是颠覆性的，因为文明建立在等级制度和专业化的基础上。一个统治阶层想要存活，必须提出一条法则，即一条有效法则必须与社会心态紧密相连。要实现这个目标，最有效的方法就是让人们怀疑他们天赋的价值和本能，尤其是性本能。让“人性”变得可疑，也就是与自然，即荒野为敌，于是，就产生了今天的生态危机。

因此，我们（和之前许多西方思想家）开始怀疑文明是否被高估了。在有人开口说“这太荒唐了，我们都知道文明是必要的”之前，让他读一些文化人类学方面的书籍，关注一下南非布须曼人、密克罗尼西亚岛航海家、加利福尼亚的印第安人的生活，以及克洛德·列维·斯特劳斯[1]的研究成果。我们关于人类福利的一切思考都需要重新进行。现在看来，部落似乎是伟大的亚文化的最新发展。我们几乎无意间将自己同史前时代流传下来的灵知的传播、潜在的社会秩序和证悟的技巧联系起来。

现代科技的最新发展支持其中一些观点。其结果，在当今社会，现代的部落成员，而非将批评的矛头指向文明的老式成员，是关联最大的一类人。民族主义、战争、重工业和消费，都已经过时了，也无用了。人类下一个重大的进展是进入自己心灵的本质——真正的问题是“什么才是意识？”我们必须最聪明、最有创造性地利用科学去探索这些问题。拥有丰富的国际经验、渊博的学识和大量休闲时间（漫长而复杂的历史带来的奢侈品）的人，或许有充分的理由想要简朴地生活：几乎不用工具，穿极少的衣服，亲近自然。

革命已经不再是意识形态的事。相反，人们

---

〔1〕 克洛德·列维·斯特劳斯，Claude Lévi-Strauss，1908—2009年，法国著名的社会人类学家、哲学家，法兰西科学院院士，结构主义人类学创始人，法国结构主义人文学术思潮的主要创始人。

现在正在尝试着去实践它。小社区——新家庭组织——的共产主义就是如此。这样的实践者在美国有一百万，在英国和欧洲也有一百万。他们怎么认出彼此？并不总是凭借胡子、长发、赤脚和念珠。一个明亮而温和的注视就是信号。他们看上去镇静亲切、清新自然。男人、女人和孩子，都希望与天空、风、云、树、水、动物和草深情相伴，沿着爱与智慧的无尽旅途走下去——这就是部落。

12. 诗歌与原始派艺术家

谈诗歌是生态的生存技能

左右对称

“诗歌”是对声音和语言熟练而启发性的运用，它表现出了罕见而强大的意识状态。对诗人个人而言，这样的状态是瞬间的，可对于听众而言，却常常是深层次的。“原始派艺术家”是那些保持着无文字、无政治，与此同时在文明社会倾向于在忽略的方向上进行着必然的探索和发展的群体。他们使用极少的工具，与历史毫无关联，接触鲜活的口头文学而非积累的藏书，没有高于一切的社会目标，拥有充分的性自由和内心生活，痛快地活在当下。他们的日常现实就是朋友和家人，自身的情感和精力，脚下的土壤和将它卷起的风，以及不同的意识领域。

在这一点上，一些人可能想说，原始派艺术家们真正的生活与其他人并无不同。我想，事情并非如此。贴近自然，身体或精神处于基本的自律的状态——活在这样的“神话式的当下”意味着他们有丰富的想象力，对个人身体的主观认知也比那些虚弱而匮乏地生活（他们自己这么描述）在“历史”中的人要充分——后者的思想被程序化，对大自然的呵护被广泛而抽象的精致工具弄复杂了。按下按钮的手可能行使着巨大权力，但它永远不了解一只手能做什么。本领不用就不会用了。

创作或朗诵诗歌必须凭借真实体验。在所有起源于旧石器时代的文明传统中，现实来讲，诗歌是为数不多的可以声称拥有一种不变的功能和关联性的传统，这种功能和关联性比如今我们周围的大多数活动持续的时间都长。诗歌，同其他极少数传统一样，必须靠近原始派艺术家们的世界，一个赤裸裸的世界——它是我们所有人的出生、情爱、死亡的基础，是活着的全部事实。

音乐、舞蹈、宗教和哲学当然也源远流长，它们与诗歌一脉同宗。宗教逐渐沦为社会的辩护者，权力的应声虫，而不是惊心动魄的解放和治愈的媒介；舞蹈大都已经失去了与仪式戏剧、动物模仿或是探索迷宫式的精神旅程的联系；大多数音乐都需要太多工具。诗人运用自己的声音和语言便可创作，并在完全不能传达的非语言状态和发光的匕首以及华丽的语言的晶体云中找出一条道路来。

大乘佛教有一个流派讲的是“三奥秘”，即身体、声音和心灵。这三样东西就是什么是世间的生活。诗歌是声音奥秘的载体。他们有时会说，宇宙是一个会呼吸的巨大身体。

在20世纪，某种神识[1]认为这种延续性毫无问题：“……他既不是野蛮人的思维，也不是原始人和古代人类的思维，而是处于野性状态的思维，它不同于有利于产生效益的教化或驯化的思维……今天我们能更好地理解，‘野性’和‘文明’这两类思维方式是共同存在、互相渗透的——正如有些植物（至少在理论上）是‘野生’的，而有些经过‘农业’或‘园植’改造一样。它们也是共同生存、相互交叉的……不管人们对这种情况感到悲哀还是高兴，仍然存在野性的思维在其中相对受到保护的区域，就像野生植物一样。艺术就属于这种情况——我们的文明赋予了它一种类似国家公园的地位。”

---

〔1〕 神识，mind-sense，指众生的心和识，不仅在艺术家、某类科学家、瑜伽修行者和诗人身上得以延续，还得到了适当发展。

原始文化

到了文明时代，狩猎变成了一项国王的运动。早期的中国皇帝们拥有大型狩猎围场，却不允许农民们射杀鹿。数千年的经验，引以为傲的狩猎知识——对动物习性的了解，以及采集野生植物和草药的技能几乎遗失殆尽。关于美国历史的前沿已经谈论很多了，不过可能忽视了一些关键点：美国与庞大的野生生态系统——拥有青草、流水和猎物的人间天堂——之间的冲突是令人震撼的。三百年来，美国人一直与精力充沛的土著人为邻。他们帮不上这些土著人什么忙，对他们只有尊敬乃至忌妒的分儿。最后，作为需要养家糊口的普通人，他们经常要寻找食物。尽管欧洲和亚洲的边缘农民的确还要兼职猎人的活计，生活在社会的底层，这些美国人却是文化扩张的先驱者。对美国人来说，“自然”意味着“荒野”，指的是完全自由的无名区域。它不是野蛮而肮脏的，而是美丽又可怕的。我们对我们的大陆及印第安人所做的，一直不断地刺痛着美国人的心。

其他文明也做了同样的事，但速度慢得让人无法记起。有人在唐宋的诗歌中发现了证据，证明中国中部和北部贫瘠的荒山曾经是茂密的森林。远东对自然的热爱已经演变成了对它的畏惧：园林和松树被折磨和控制着。中国的自然诗人往往是隐居的官员，他们靠两三英亩的树为生，雇园丁修剪树枝。仅仅在一个世纪前，还有几十种鸟类飞过京都。现代日本专业的自然审美家——茶艺师和插花师，得知这一情况后都感到吃惊，因为今天人们在京都只能看到燕子和麻雀，而审美家们几乎分辨不出它们来。在远东，“狂野”意味着无法控制、令人反感、粗鲁、猥亵、暴力，它实际上是肮脏的。参与“经济奇迹”[1]的现代日本家庭，有时他们上大学的女儿，连婴儿是从哪里出来的都不清楚。西方思想中最不同寻常的直觉之一是卢梭的《高贵的野蛮人》——认为文明要向原始学习。

人类是美丽的动物。我们明白这一点是因为其他动物钦佩我们、爱我们。几乎所有的动物都是美丽的，旧石器时代的猎人们被那份美丽深深地感动了。狩猎意味着将你的身体和意识用到极致：绷

---

〔1〕“经济奇迹”，economic miracle，指经济迅速恢复发展的局面。

紧神经去感受此时此刻鹿在想什么；在兽道边等待的时候，安静地坐下来，让你的自我进入鸟的身体，然后蜿蜒前行。你运用狩猎技巧将猎物引到你跟前——它们听到了你的歌，目睹了你的诚恳，出于同情来到了你的范围之内。狩猎技巧不止为了置野兽于死地，还对它们的生育有帮助——促进了它们的繁殖能力。因此，伟大的伊比利亚人的洞穴壁画不仅描绘了狩猎，还有动物交配和产仔的场景。据说，一个西班牙农民看到一些阿尔塔米拉〔1〕壁画的复制品后，说："这头母牛产仔的过程多美妙！"布勒伊〔2〕说过："那个时代的宗教并*没有*将动物提高到神的地位……不过，人们还是*谦卑地恳求*它能多产仔。"一个海达族人的咒语是这样的：

"逆流而行的伟大的人开始想起它。
把碎石放到嘴里的伟大的人开始想起它。
你用白色的石化眼看着它——
　伟大的进食者开始想起它。"

〔1〕 阿尔塔米拉，Altamira，西班牙北部山洞，在桑坦德附近，内有旧石器时代晚期彩色岩画。
〔2〕 布勒伊，Breuil，1877—1961年，法国考古学家兼神父。

原始文化中的人欣赏动物，将它们视为进行着各种旅途的人。鸟儿飞翔着、唱着、跳着；它们为雏鸟们采集食物；消失几个月后再飞回来。鱼儿能在水中呼吸，鱼身色彩绚丽。哺乳动物跟我们一样，交配后产仔，交配时气喘吁吁，发出咕噜咕噜的声音；幼崽吸吮母乳；它们懂得恐惧和高兴，也玩耍。

列维·斯特劳斯引用斯万顿[1]关于契卡索人[2]的报告，认为各部落都在模仿本部落图腾标记的生活："据说浣熊部落以鱼和野果为生。美洲狮部落居住在山中，避开让他们害怕的水，主要以猎物为生。野猫部落白天睡觉，晚上打猎——因为他们目光敏锐，此外，他们对女人毫不关心。鸟部落的人在黎明前就起身：'他们就像真正的鸟类，不去打扰任何人……他们有不同的思想，就像有不同的鸟类存在一样。'据说他们生活得很好，多配偶，不愿意工作，儿女众多……'弯星毛栎'房屋群落

---

〔1〕 斯万顿，Swanton，1873—1958年，美国人类学家、语言学家。

〔2〕 契卡索人，Chickasaw，美国马斯科吉印第安人一个部落成员，过去住在密西西比州北部和田纳西州的部分地区，现在住在俄克拉何马州。

住在森林里……尽管‘高玉米仓’房屋群落傲慢自大，但还是受人尊敬：他们是优秀的园丁，贫穷却非常勤劳的猎人；他们用玉米交换猎物。据说，他们真诚而固执，擅长预报天气。而‘红臭鼬’房屋部落则住在地洞里。”

我们都知道原始文化缺乏什么。可原始文化的确拥有关联和责任方面的认知，这种认识实际上是一种为整个群落而进行的精神上的苦行。“出世”（脱离俗世）的基督教或佛教的僧侣们，在用一种颓废的方式实现整个原始群落——男人、女人和孩子——的日常生活，且完整性更强。萨满诗人仅是指那些能够轻松地介入形形色色的幽灵的思想及其生活，并为梦幻献歌的人。诗人们已经将它发扬到了整个文明时代：诗人们并不歌颂社会，他们歌颂自然。阶级化的文明社会是一种大众自我。超越这种自我，也就是超越了社会。“超越”在于内心的潜意识。外在的潜意识等同于“荒野”。这两个术语聚到一起时，就会更进一步，合二为一。

在西方文化中保留下来的、与自然交融的一种宗教传统，就是所谓的“巫术”。法国三友洞里的萨满岩画——画面中又是舞蹈家又是诗人的萨满戴着鹿角、穿着鹿皮，便是湿婆和魔鬼的原型。

动物婚姻（和超自然婚姻）是民俗学中的常见主题。在最近发表的一篇文章中，林恩·怀特(Lyyn white)将现在的生态危机归咎于犹太教—基督教的教义——动物们没有灵魂，无可挽救；当我们在耶稣的注视下，上演着自由意志和救赎的戏码的时候，自然只不过是一片供我们开采的土地。

陈旧的远古时代的仪式戏剧是解放的、和谐的，因为它认可人性中的方方面面，包括破坏性的，凶残的，矛盾的一面。弗洛伊德说发现无意识的不是他，而是几百年前的诗人。

缪斯之声

“世间万物皆有生命——树、草、风在与我共舞、跟我交谈，我能够听懂鸟儿的歌唱。”尽管后来者将这种古老的经验解释为“宗教性质的”，可与其这么说，不如说它是一种纯粹的美的感知。在某些状态下经历的表象世界是完全活跃的、刺激的、神秘的，它令人充满战栗的敬畏，变得感恩而谦卑。神秘的奇迹直击我们的感觉和意识：由内而外，发出“啊”的一声。

呼吸，是外界融入身体的一种体验。它伴随着体内节奏感的源泉——脉搏而产生，且两者总是相互协调的。呼吸是精神，是“吸入式的”，“有声的”呼出是物种之间交流的信号。偶尔，身体会受控于某些情感或状态，此时，它就变成了一个管子，一个内部充盈着振动气体的管子，一个充满声音的管子。念咒时，这些由“吽”“嗡”“哑”等种子字[1]组成的神奇语言，被循环往复地唱诵，它们在呼吸里缠绕、盘旋。疲倦至极时，会突然出现一个新的声音，那声音通过你讲了出来，它清晰、强烈，超出了你对自己的了解。它带着特有的踏实感和旋律，唱出了自我内心深处的歌，唱出了大千世界。

诗歌不该被念出来，它也不是写出来的或书本上的。无文字的文化运用它们传统的听诵训练方法，将数千首关于死亡、战争、爱情、梦想、劳作及精神力量的诗传承下来。在西方，发出灵感之声

〔1〕 种子字，seed-syllable，密教中，表示佛、菩萨等诸尊所说真言之梵字，又作种字，含有引生、摄持之义。每一个佛跟菩萨，都有不同的种子。其中有一个总持的种子字，就是所有佛菩萨都可以从这个字变出来，那个字就是“哑”。“嗡”就是宇宙的根本——大原，“哑”就是出生，“吽”就是结果。

的“他者”素有“缪斯”之称。广泛来说，缪斯可以是其他任何触动你、感动你的东西。可以是一座山脉、一群人、天上的启明星或一个柴油发电机。突破自我的屏障。这种深层次的触动犹如一面镜子，拥有性本能的人类已经发现，最清晰的镜子就是他的爱人。随着西方文明日益复杂、等级结构日益鲜明，作为自然、美丽和“他者”化身的女人，演变成了支配一切的符号，她们利用耶和华或最高统治者的神像——一种反自然的社会力量的聚集，暗中穿越了过去的三千年。因此，在西方的传统中，缪斯和浪漫爱情会产生相同的能量。恋人之床是唯一上演舞蹈和仪式性戏剧的地方，那些“演出”将原始人类与他们的地质学及宇宙银河连接起来。当代浪漫狂热的衰退与原始意识的崛起、各种各样的灵性练习的知识，以及文化人类学带给我们的通往美的途径紧密相连。现在，在这个有趣的历史的螺旋中，我们开始摒弃一夫一妻制和一神论。

不过，缪斯仍然是一个女人。诗歌是声音，在印度传统中，声音——Vāk（vox）是一位女神。Vāk又被称为Sarasvat[1]，她是梵天的妻子，也是

---

〔1〕 印度教神话中的妙音天女，又叫辩才天女。

他真正的创造力所在。[1]她骑着一只孔雀、穿着白色的衣服，手中拿着一本名册和一把维那琴[2]。“Sarasvat”是“流动者”的意思。此外，她还是赐予智慧及学问的本尊，因为她是吠陀之母[3]——涉及婆罗门及全宇宙的所有知识。

Vāk是梵天的妻子（在印欧语系的词源学中，妻子“wife”即波“wave”，亦即振动器“vibrator”），因此每个人的声音，就是自己最真实自我的写照。发出声音是在听从内心的需求，抑或按照布顿（BusTon）的说法，“众生心念佛陀，佛音响起”。

海螺壳是古老的听觉象征，也是女性的象征。在科普托斯[4]，神祇敏（Min）的雕像上有一个四角鹿的浅浮雕，正在用舌头舔着两个海螺壳。此时此刻，声音的神秘与身体的神秘结合起来。

在原始各民族中间，这一点是如何实践的呢？

---

〔1〕 在印度教神话中，辩才天女被认为是梵天的女儿，同时又是他的妻子。梵天从他的大拇指生出辩才天女后，因其容颜美丽而迷恋上她。

〔2〕 维那琴，vīna，印度古代弦乐器，又叫七弦琴。

〔3〕 吠陀之母，Mother of Veda。Veda，即知识——涉及婆罗门及全宇宙的所有知识。

〔4〕 科普托斯，Koptos，又作Coptos，在底比斯附近，离开罗约三百英里，是尼罗河的交通中心和军事要点。

詹姆斯·穆尼[1]论述鬼舞教时说，“这些鬼舞歌曲的数量是无限的，因为每一支舞蹈中的每一次催眠，都会产生一首新歌——接受催眠的人苏醒后，会用一首歌将他在灵魂世界里的经历表现出来。下一次舞蹈和后续的仪式中，会唱到这首歌，直到新歌出炉，将它替换掉。因此，一支简单的舞蹈可能很容易就催生二三十首新歌。歌曲就这样诞生和消亡。尽管如此，一些特别吸引印第安人的歌曲，由于颇具神话色彩、哀婉动人或异常悦耳，就会流传下来”。

美洲、欧洲和日本的现代诗人，正在领悟着呼吸、声音和催眠。有些发现已经使他们意识到，宇宙并不是死的，而是不断创新的，而妙音天女之歌正是梵天催眠时唱出的。

跳房子和翻绳[2]

云彩以飞跃其上的各种鸟儿为毯，“闪耀

---

〔1〕 詹姆斯·穆尼，James Mooney，美国高级管理人员和管理学家，管理过程学派的集大成者，代表作是《组织原理》。

〔2〕 跳房子和翻绳是两种游戏。

光芒，如同天堂。”

——海达族人

人类，从纵向看，拥有4万年的历史；从横向看，公元1900年拥有大约3000种不同的语言和1000种不同的文化。每一种现存的文化和语言都经历了无数次交融——它不是文明的“起起落落”，更像花朵似的，周期性地吸收能量——绽放——种子爆裂、散开。今天，我们前所未有地明白了人类大多数的生活方式和可能发生的事情，与此同时，又像旧的无声电影一样，被一种失控的巨大力量推动着，迅猛地朝一场异常的大灾难奔去。科学可以赤裸裸地看待美，因此可以为我们所用。之所以说我们是现代的，部分原因就是我们意识到我们与我们的最初是一体的——与所有的时期是同步的——与所有文化的成员是一体的。每一种社会结构或习俗的种子，都存在于我们的头脑中。

人类学家斯坦利·戴蒙德（Stanley Diamond）曾说过：“文明的疾病在于，它不能兼容并蓄，继而超越原始的局限性。”可以说，文明是信念的缺失，是人类的懒惰，它意味着你愿意接受他人的观念和决定，去取代你自己的，意味着你要成为一个不那么完整的人。此外，你可能会继承灵长类动物过多的社交活动，拥有与性泛滥紧密相连的显性特征（如在猴子或狒狒群体当中所看到的）。如果进化的确有意义，我们就必须寄希望于能够慢慢地摆脱这些生物学的局限性，就像我们会尽力摆脱顽固不化的社会制度的限制一样。我们都生活在皮囊、自我、社会和物种的内部。意识有不同秩序的界限，“心无所缚”。大学生们去尝试不同的东西，是因为“他们在新几内亚这么做”是现代人实际工作的一部分：去发现心灵的内部结构和实际边界。第三奥秘。这个领域的图表和地图在梵文中被称为曼陀罗[1]。（六世达赖喇嘛写过这样的诗句：“我画着图，便能测出斗转星移；可她的娇躯就在眼前，我却测不出她的心意。”）关于这方面的探索，佛教和印度教的哲学家们几乎比所有人都深入，不过，这项工作也刚刚开始。我们现在正在收集所有的历史线索，试图将现代科学和陈旧的原始资源结合起来。

---

〔1〕 佛教和印度教修法地方的圆形或方形标记。一些东方国家把佛、菩萨像画在纸帛上，亦称曼陀罗。

某些民俗学恒定的主题——语言借用的证据——语言漂移的深层含义——风格和结构、艺术形式和语法、歌曲和求爱方式相互关联、相互影响所依据的规则，都是自我的反映。连“自然”这个词，也直指人类本性，正如17世纪的巫师伊莎贝尔·高迪（Isobel Gowdie）关于与魔鬼做爱的情景的证言——“我感到他本性寒凉，就像冰凉的清泉。”

因此，本性直指自然——荒野，直指人类在地球上生存所依赖的相互作用和平衡。生态学的字根eco(*oikos*)是“家”的意思。生态学这个词，换言之，就是地球上的管家。“多获取少贡献的”经济学，仅仅涉及各种社会秩序的管理，必须学习更广泛领域的规则。古代文化和原始文化中这方面的知识无疑更多，其精确性[1]全凭经验获得，其精确性堪比当今最关心生态问题的生物学家。《广林奥义书》（Brihadāranyaka Upanishad）揭示了内部与外部的关系：“现在，这个自我就是一切偶然存在的生存状态。他在火中奉献祭品，对神明祭祀，他就在

〔1〕 可参看人类学家H.C.康克林（H.C.Conklin）作品中对于汉努诺奥人种植方面知识的描写。

神的范畴内；他学习吠陀，他就在圣人的范畴内；他拿蛋糕和水供奉祖先，对人施舍，他就在人类的范畴内；他给动物饲料和水，他就在动物的范畴内；鸟兽甚至蚂蚁在他的地方得到住处，他就在它们的范畴内。”

原始的世界观、创新的科学知识和诗意的想象，都是相互关联的力量，如果不能拯救，也可以帮助整个世界或人类，至少可以拯救红树林。革命的目标就是转变。文明时期伟大的宗教里的神秘传统，用“巨大努力”的教义教导信徒，以便完成超越。这一定是他们与文明的必然妥协——在那个时代里，文明需要将人们的注意力从自然上移开，为社会能源的发展提供养分。远古的、神秘的、原始的传统，都教导人们，在超越之后便是“一场大戏”及“转变”。在毁人心智的虚无之后，是百万个出现又消失的宇宙空洞，天地万物皆被克利须那神的嘴所吞噬。“他们已经被我杀灭，请诛戮吧！阿周那[1]”，这些觉悟语的背后，是一种对绝

〔1〕 阿周那，Arjuna，印度史诗《摩诃婆罗多》中的核心人物之一。这是克里希纳对阿周那说的话，摘自《薄伽梵歌》部分，“他们”指的是“德罗纳、毗湿摩、遮耶达罗他、迦尔那以及其他善战的英雄”。

对美的充满爱的、简单的认知以及对老鼠及杂草的珍视。

宗喀巴[1]给我们讲述了一个变化了的宇宙：

“1.这是一个无限美的佛境界。

2.所有人都是神圣的，所有人都是对象。

3.我们使用或拥有的一切都是敬拜的媒介。

4.一切行为都是真实的，而非逃避性的。”

这种真实是许多原始的世界观的关键所在。在尼日利亚北部乔斯高原的马那瓜，“北”叫“上”，“南”叫“下”，“东”叫“早”，“西”叫“晚”。因此，[斯坦利·戴尔蒙德（Stanley Diamond）博士在《马那瓜宇宙志》中描写道]“时间从永久的中心位置流过……他们居住在一个叫中午的地方，那里位于世界中心，是时间和空间唯一的交汇处”。澳大利亚土著居民生活在一个不断循环的世界里，其存在、形态和位置都在持续不断地变化着。所有的人、动物、力量，都通过一张轮回网，相互关联着，更确切地说，“相互生产着”。很可能重生（或者叫相互生产，因为事实上我们都

---

〔1〕 宗喀巴，Tsong-kha-pa，1357—1419年，藏传佛教格鲁派的创立者、佛教理论家。

是边生存，边相互创造的）是客观存在的事实，而我们尚未对其有清醒的认知和实践。

很明显，自然那凭借经验便可观测到互联性，只是庞大的“宝网”（jewelled net）的一角。旋涡（星云）和海螺贝壳是大女神[1]的象征。有趣的是，我注意到了海螺贝壳的物理特性与创世舞蹈的印第安概念近似。还有“拓展形式”——“我们看到了螺旋形的鹦鹉螺或直线形的直角石那连续不断的内腔，玉黍螺或其他腹足动物的每一个完整螺纹或部分螺纹，象牙上的每一件附加物或螺旋状的有孔虫的每一节新的腹腔，都立即被当作主要特色描绘出来，人们至今仍简述说它的形式为此前所有的现有结构制定了指南。”[达西·汤普森（D' Arcy Thompson）]

螺旋行进、翻线、密克罗尼西亚人的线制星图、曼陀罗图形[2]、象征性的野生世界之旅仍然广泛分布在孩子们的游戏中。让诗歌和林区居民在前面先跳一大步：

---

〔1〕 大女神，Great Goddess，又称大母神。

〔2〕 曼陀罗图形，一种通过彩色曼陀罗图形刺激孩子眼睛里的锥状细胞，使孩子对色彩的辨析能力得到提升，是一种提升孩子的观察力和图像记忆力的游戏。

“在接下来的跳房子游戏中，‘H’部分代表着‘天堂’：规则跟平常一样，不过，完成第一部分后，在前进过程中，将你的小石子扔进‘天堂’。接着，跳到数字‘11’的格子里，捡起你的小石子，跳到‘天堂’里小石子落下的地方，以最快速度正念、倒念出字母表，你的名字、地址和电话号码（如果有的话）、你的年龄，

你男朋友或女朋友（如果有的话）的姓名。”[1]

1967年12月

---

〔1〕 引自帕雷夏·伊文斯（Patricia Evans）的《跳房子》。

13. 叩问佛法

简述现代瑜伽

1.自然和人类——伟大的旧石器时代的女神和戴着鹿角的舞蹈家——洞穴中的神奇壁画；血腥之手；红点。

2.社会能量和人类——铜器时代和铁器时代能量的聚集；部落发展到“国家”开始扩张——北极星，酋长。

3.对社会管理和战斗能力的探索：社会管理方面的大师——孔子、琐罗亚斯德[1]，犹太教改革；类似《薄伽梵歌》的精神及社会科学。

4.基督教、佛教、儒教，舒缓了地方势力对权力的欲望；强调个人责任和解放。

5.这些理论体系交替操控着权力，与此同时，它们

〔1〕 琐罗亚斯德，Zoroaster，古代波斯国国教拜火教之祖。

残存下来的自然与人类之间的古老传统重新获得了影响力。佛家瑜伽行派发展成了金刚乘佛教；地中海神秘宗教衍生出西方神秘学和炼金术思潮。

6.当代科学：社会观和所有特定的文化观都是随意性的；我们征服自然越多，就越虚弱。我们发现所有人的内心都有洞穴，洞穴壁上有动物们和诸神的图画。这是一个举行宗教仪式的神奇的地方。

女神的儿子及恋人——佛陀

*摩耶夫人（Maya）*梦见一头*白象*而受孕。分娩时，她双腿*交叉而立*，伸手抓住一根树枝，蹬了一下*树*后生下了他。他娶了一位漂亮的公主为妻，有许多夫人；剪断*头发*；经历苦修；垂死时，一位牧女向他供奉了*奶酪*，因此得以恢复体力；在河边的一棵菩提树下*莲花*盘坐；被摩王的女儿们诱惑；看见启明星开悟证得“真谛”，认为一切众生本具如来智慧德相；叫*大地母神*来见证，*蛇王*护法挡风雨，梵天*鲜花*；余生四处游行，教众生渡到*彼岸*的方法；吃了*蘑菇*后证入涅槃；无数的人、神、兽皆因佛陀入灭而悲泣。

真正古老的信条

佛教和印度教延续了大量石器时代宗教的传统。剃头：牺牲身体——将个人的“自然之力”献于女神。[迄今为止，我查到的剃头的最早记录出现在阿尔欧贝得(Al-Ubaid)发现的新时期时代的神庙遗址。在神庙“奶牛场”的图示中——“牧场女神本身就是奶牛”——雕带上的图案展示了“一些光头男子为她挤奶的全过程，光头表明了他们的身份是僧侣……”G.R.列维（G.R.Levy）说]

不同派别的信徒对女神的态度不同。乞士或苦行者：“如果您救我，我会剃度，侍奉于您。”禅宗信徒：“我们是平等的，我会对你视而不见。”密宗教徒：“我会把所有的爱都给您。”

与爱人一起遵循古老的佛法之路，意味着双方必须练习孤独的瑜伽，四处漂泊，然后去寻找曼陀罗的中心。将他们的身体奉献出去。男孩在适当的场合唤醒女孩体内的女神，对她进行膜拜。她就是他的手印、智慧、瑜伽士或知识。

长发就是去接受、经受自然之力。比如萨维埃特瑜伽士，噶举派和宁玛派的喇嘛及古代的圣贤。

我认识一个沃斯科县的印第安伐木工，他辞掉了工作（温泉A营），卖掉了链锯，他说锯树的时候能听到树的尖叫，这让他受不了。他跑去给一个萨满当学徒，并留长了头发。

我们在男人和女人身上发现的神和菩萨，是谁？

似乎真有转世再生一说。

某种长期的事情正在每一个人身上发生——有时透过某个愚蠢之人愚蠢的一生，我们看到了普度众生的耀眼而慈悲的菩萨造像。在我们每一个人体内。

“结束了他的禅师生涯后，他的修行进入了下一个阶段。”三浦禅师告诉我，即便是释迦牟尼也仍在某处修行着。

摩耶（虚幻）女神和智慧女神（般若佛母）是一个人。加持着她的是本初佛，即原始佛的法身；如来；佛法即是皈依；一切能量即是极乐。

将现在劫[1]通过阿弥陀佛、观世音菩

〔1〕 劫是佛教的时间观念，分为小劫、中劫和大劫。1小劫为1680万年。20小劫为1中劫，4中劫(成、住、坏、空)，1大劫13.44亿年。现在我们是处于住劫的第九小劫，此劫有千佛出世。既多贤圣，故称“贤劫”。

萨、释迦牟尼和“你”表现出来。

其次：

有时候，可以通过将重生的时间流横切一番，由此产生了伟大的计划和舞蹈、末世论和进化论。一切就是现在：无限可能、所有方向的“奇妙的空虚”。哪一个掌控着时间和进化？

随后：

回到产生“时间”或未来时间的活动上去，好极了。虚空之花。怜悯和高贵，对于不再需要它的众生而言，是无用的。“我对野生生态有眷恋之情。”重新设定一种不灭之舞：此时此刻，共同铸造永恒，没有终点，唯有现在。

因此，念咒吧

——六字大明咒：

唵　嘛　呢　叭　咪　吽

14. 诹访之濑岛和菩提静修处

几年前，流浪诗人榊七尾（Nanao **SAKAKI**）在往返于九州和奄美大岛的一艘货轮上，和同船的旅客交谈起来。那位旅客是个岛民，不经意间就邀请诗人去他的岛上拜访。榊七尾去的时候，已经是另一年了。他赶上了台风，被困于农舍，直到一周多以后，暴风雨平息了才离开。

那个岛上只有八户人家，四十口人。尽管岛屿的主要部分是火山和熔岩流，还是有很多地方无人居住。于是，当地岛民就对榊七尾说，如果他或他的朋友们想来露营或者居住，他们会表示欢迎。

榊七尾在东京的老朋友们——“神之子”（以前叫“流浪者部落”）的分支“翠绿的微风”，已经在长野县的高地上开辟了一个农场。他们决定把诹访之濑岛纳入他们的计划。五月，榊七尾、美琴（Miko）和新垣（Shinkai）离开高地去了诹访之濑岛；六月，浦（Pon）和其他几个人也过去了；七月，我和弗朗哥（Franco）、那贺（Naga）、昌贤（Masa）也过去了。你得到鹿儿岛（Kagoshima）去，它位于九州岛最南端、规模相当于一个郡大小。一个星期有一艘船到“十岛”去，何时出发不可预知。我们在鹿儿岛一家便宜的滨水旅馆待了五天，直到台风过境才开船。去杂货店买了生活必需品，走到防波堤的尽头等着上船。

“东芝丸”号傍晚六点起航。它是一艘250吨的柴油船。黎明时分，轮船来到了口永良部岛。在那里，我看到了银色的暴风雨，绿色的悬崖和闪光的海鸟。当天有三个岛要停靠。轮船在珊瑚礁的边沿之外停靠下来，再用“可抛载”小艇装载或卸货。

下午晚些时候，船靠近了诹访之濑岛。远处是一座紫色的山，上面还有帽状云和几条雾带。（几艘经得起航海的三吨小渔船坐着几个从九州岛宫崎县过来的渔民，他们称诹访之濑岛为“烧岛”——燃烧着的岛屿，因为大部分时候，岛上的火山还在冒烟。）

随着汽笛声响起，“东芝丸”要在近海抛锚了。最后，水手们顺着两旁长满竹子的陡峭小径向下跑去。半小时后，一艘小船从悬崖底部一块大石头和水泥防波堤后面驶了出来——穿过了一条珊瑚礁中的小道，向货轮靠了过来。岛民们带来了西瓜和野山羊。野山羊是要送到奄美大岛的，那里的人们爱吃羊肉。接着，我们拎起背包和食品，上了小船。我们从汹涌的波涛中穿过，打湿了衣服。小船靠岸后，我们走上了布满岩石的沙滩。我们跨过了几艘小渔船的锚链、锚索、渔网以及拖船进出的缆绳。所有人都在等我们。由于受太阳长时间照射，都晒黑了。将所有食品包好打包，爬了几个“之”字坡，在半是丛林的地方，穿过一英里左右的小径后，我们来到了那间废弃的房子和正在使用中的空地前。榊七尾和新垣刚刚另搭了一间竹子做的小型庇护所，拱形的茅草屋顶，够每个人睡的。十四个人，姑娘几乎占了一半。

诹访之濑岛纬度为29° 36′，同加那利群岛、开罗、奇瓦瓦、波斯波利斯以及拉萨大致都在同一纬度上。几乎位于九州和奄美大岛的中间。奄美群岛一直延伸到琉球群岛，岛上的文化与冲绳文化很相似，但在方言上还是有些差异。他们说在与论岛[1]上能看到冲绳岛。几千年来，诹访之濑岛很可能断断续续地住过人，这取决于火山的活动情况。“十岛”是从台湾到九州的跳板之一，旧石器时代的航海者们凭借这些跳板，终于历尽艰辛抵达了日本。他们中途必须停靠。15世纪发生了火山大喷发，诹访之濑岛被遗弃了，直到一个世纪以前，一些从奄美大岛过来的移民者，才再度尝试着来这里生活。因此，这里的村民和奄美人是同一血统，说着奄美的方言，弹奏的是蛇头的“蛇皮弦”，而不是猫皮做的“三味弦”。他们养猪，这也是奄美的习俗之一。日本本岛居民从来就不怎么喜欢猪。他们喝蒸馏的红薯酒，不喝日本米酒。一年到头的主食都是红薯，比起大米来，红薯便宜，种起来也容易。

岛上大部分都是无人居住的山地，一块海拔约400英尺的高地向南延伸着，几条潺潺的小溪流经其中——那是一片高原耕地，约3英里长、2英里宽，大部分被竹子和草所覆盖。东边是一片50英亩左右的大草地。山的两侧有一些松林和*禁忌*森林，河

[1] 与论岛，Yoron Island，奄美群岛的岛屿之一。

道中生长着菩提树和其他高大的亚热带植物。

竹林中，到处都是一块块的红薯地和西瓜地。西边是成群的房子，那里离小港口最近。每一间房子都是独立的，用竹子围了一圈竹墙。菩提树下，几条幽暗的小径穿过了竹林。

开阔的牧场上，总共有二十三头黑色肉牛。牧场边缘的废弃农舍，就是我们的总部所在地了。草地上，有一条路通向沟壑边缘的山脉，路上长着一棵雄伟的菩提树。我们从它垂下的气根中，清理出一块冥想的场地。最后，我们给它起名“菩提静修处”。浦（Pon）称此处为“菩提梦境”。

我们的日常工作就是清理出一块新地，用来种植红薯。我们必须把竹子的根茎清除干净，这就得用锄头将竹子的根茎翻过来，连根撅起。整个过程非常累，也非常慢。由于炎热，我们只能在早上十点半之前或下午四点以后干活。中午时分，则待在竹屋或菩提树的阴凉下小睡。此外，我们还要收集燃料（包括干枯的松树低枝，枯死的竹子，还有一些浮木，我们去沙滩上捡来浮木，放在提篮里，装到绕到前额的背负带里）和做饭。我们两人一组，轮流做。厨房是个室外棚屋，茅屋顶。炉子是用砖头搭起的篝火炉，中国式的。（我们吃的基本上是糙米和味噌汤，里面放了土豆、红薯，有时还会有西瓜或当地香蕉。）还有干不完的木工和建筑活儿。有几个人隔几天就要去趟下面的村子，有时是帮着维修道路，有时是趁着捕来的巨大飞鱼没坏掉，帮着取内脏、剥鱼皮。

说说大海。除了强风天气（台风将至），我们大部分人每天都会去沙滩。有三个地方可去：东边的沙滩。走上40分钟的崎岖小径就到了。沙滩宽阔，高低不平，可以观望到火山。浪涛很大。视线越过太平洋，投向墨西哥。珊瑚礁向外延伸了很远，所以若非极为风平浪静的天气，这里不适合潜泳。在这里，可以捡到极好的浮木和大量的贝壳。沙滩一头有一个山洞，暴风雨来临的时候，能站36头牛避雨。南方的沙滩也得在小径中穿梭40分钟才能到达，沿途灌木丛生。沿着峭壁的小径向下走去，可能不用手扶。这里的珊瑚暗礁没有东边长。暗礁内有一个天然的深凹口，你可以从这里潜入深水（游到出入口后，下潜，在水下滑行三四十英尺后，猛地浮出水面）。这里的潮流很强，如果你不是游泳或潜水的好手，是很危险的。

西边的沙滩最不受风雨侵袭，也最适合钓鱼。我们从一开始就隐隐产生了用鱼叉捕鱼的念头。我带了一袋钢制的鱼叉头（最小的那种），不过，直到岛上最年轻的居家男人有川先生（Arikawa-san）为我们展示了如何将枪头嵌入铁棒（用接钩绳接到竹棍上），做出长竹枪来，我们才开始认真考虑把鱼添加到我们的饮食中来。竹枪约9英尺长，由内胎橡胶提供动力。我和伊藤（Ito）做了三根。我们带着脚蹼和护目镜，在水里白白泡了两天后，才渐渐明白了不同鱼类的习惯和感受。我们能经常吃上鱼了。饮食中有了更多的蛋白质后，干起重活儿来明显比以前轻松多了。

我们中的大多数人本想选择素食生活，吃素食是必要的，但却与岛上的生态环境不吻合。岛上的土是火山土，还有大量火山灰沉降物，很多蔬菜都种不了。不过，这里的海域盛产鱼类。我们每天都向鱼和海神表达我们的敬意和感激，并怀揣着真爱之心去吃它们，赞美它们完美无瑕的小身体。

数百种鱼类有成千上万条，都是可以食用的。其中，钴蓝和黄橙色调的鱼最常见。没有哪条鱼是真正“热带的”，奇怪，它们无疑是亚热带的，种类也比你在较冷水域发现的多。我被海洋生物迷住了。虽然没有鱼类书籍，我还是认识了几十种鱼类，并渐渐了解了它们的习惯、特性、生活水域和各种情感。

在狩猎建立起的关系中，存在一个伟大的真理：就像在爱和艺术中一样，你必须和另一方融为一体。（这就是历史进程中旧石器时代狩猎魔法的重要性所在——狩猎过程中要求猎人们做到的必要的认同、直觉和静止，或许正是萨满教、瑜伽和冥想的根源所在。人们在狩猎中学会一天静止不动，使大脑处于一种敞开的状态，这样他的意识就不会惊吓到即将出现的动物。）

在用鱼枪捕鱼的过程中，我们明白了一点：你绝对不能选择某条鱼当你的猎物，相反，你必须让它们选择你，然后做好击中那条靠近的鱼的准备。为了捕到某条鱼，你必须和大海融为一体，将自己视为鱼群中的一条。不过，有一种数目庞大、不可预料的鱼（钴蓝色，鱼尾如新月），喜欢猎奇。碰到这样的鱼，我就要改变策略了。我会将自己视为怪物，让自己显得格格不入，这时，出于好奇，它就会过来一探究竟。

当你去掉鱼枪跟着鱼群下潜时，它们也会对你有所不同。我能舒舒服服地潜至25英尺或30英尺深的地方。从冲绳县来的卯味先生（Uaji-san）能潜60英尺深。他70岁了，有一个聪明、坚强、漂亮的年轻老婆。他有一次捕到了一只海龟，然后把大部分都给了我们静修处。

有时，岛民们的小船上也会有一些特殊的捕获物。我们曾经把所有能吃的鲨鱼肉都吃掉；我们还吃过一顿生鳝盛宴；还有一次，我们吃了整整一桶飞鱼蛋。我们还一起去捡过贝壳。静修处计划明年夏天买条小船，这样一来，就能定期高效地捕鱼了。

微风的天气，太阳火辣辣的。海上掀起狂风暴雨，20分钟后就停住了。火山变得阴郁起来，将大量的紫烟喷发至15，000英尺的高空。

我们把饭放到农舍的地毯上吃。所有人都盘腿坐好。后藤（Goto）两岁的儿子赤裸裸地跑来跑去。吃过晚饭后，我们常常一声不响地围着两三根蜡烛坐着，不时地低声念词或者哼唱民谣。有时会带瓶烧酒到牧场去，为守护我们的心大星[1]弹犹太

〔1〕 心大星，Antares，银河系中的巨无霸，直径是太阳的800倍，发出的光线比太阳亮10，000倍。

竖琴［“神之子”都叫这种琴“比吉吉”（bigigi），这是他们为它起的新几内亚名字］、打肯尼亚鼓［四年前吉赞普（Ginzap）送我的礼物］。

一大早起来去菩提树下冥想是一桩妙事——尤其是因为有歌鸲鸟的歌声相伴。它们在清晨的峡谷中唱着一首充满颤音和降调的歌。歌声下降了三个八度，回响在山丘和草地上。此外，整个早晨杜鹃和蓝鸽的歌声也不绝于耳。与此同时，清晨的薄雾被风吹着卷动起来，草上沾满了露珠，旭日从海上升起，那海上的雾就像一面冉冉升起的红色太阳旗。

每天吃完早餐后，自然而然地，我们会心平气和地讨论一下当天要干的活儿。人们会主动承担各种任务，而不用承受什么压力。有人或许会说诸如“我们得确保把工具放回原处，我昨天找不到锉刀了”之类的话，却不会恶语相向。这种简单的合作以及不发牢骚只做事的观念，太值得西方人学习了。菩提树下的人很少有自我冲突，（一点也没有！）在琐事的处理上，也比我见过的所有群体都容易。

8月6日是新月日，我和雅上原（Masa

UEHARA)在这个岛上结了婚。结婚前一天晚上，修行处的所有人都熬夜打包次日的早餐。大家还把村民们送的粉鲷鱼烤了。(鲷鱼是高贵而冷静的“日本吉祥鱼”，如果你不吃鲷鱼，你的婚姻就是不完整的。)我们凌晨四点半起床，摸着黑踏上了丛林小径。我们先进入一个深谷，然后蜿蜒着朝丛林似的刃形山脊爬去。五点钟的时候，我们走出丛林，来到了一个光秃秃的熔岩坡上。随后，我们沿着长长的山脊，走到一个年代久远的死火山口，并登上了主火山口的最高处，此时太阳刚出来不久。火山口的边缘落入了云中。一阵咆哮声从没有云的地方传来，蒸汽向上翻腾，就像满是喷气式飞机的机场似的。云雾散去后，我们从火山口往下能看到约800英尺深的地方——直径至少一英里——以及喷气孔和蒸汽喷流。在它的正中心，我们能看到熔岩池里的正在冒泡的红色熔浆。受风力影响，它有时会发出震耳欲聋的巨响。

站在火山口的边缘，吹响贝壳号角，念一个咒，向火山之神、海洋之神、天空之神献上烧酒，接着，按照传统，我和雅喝了三小口交杯酒。浦和榊七尾说了几句话后，我和雅讲话。我们一起发了四弘誓愿[1]，最后又吹了三声海螺。找到一个避风处，打开背包，开始吃前天晚上做好的食物，喝剩下的烧酒。上午十一点，我们从火山口最高处下来，到了菩提树下，然后直接去了海边，跳进海水中。就这样，短短一个上午，我们就从多风的火山口最高处，来到了温暖的珊瑚礁水域。下午四点，村民们都来到了静修处。我们拿出日本米酒和烧酒招待他们。很快，大家就唱起了奄美民歌，跳起了传统舞蹈。

我们清理了红薯地，种上了红薯。弗朗哥提早离开了，他要在九月中旬前到圣路易斯奥比斯波*。我们开始清理另一块地，还在外面做了一张大浮木桌。我们坐着一艘小船到了岛的北面，想看看有没有其他居住或钓鱼的地方。

8月底，我和雅赶上了向南行驶的“东芝丸”号，拜访了古仁屋的曹（Cho）；和新垣一起核对了造船的工件零件；乘坐另一艘船去了鹿儿岛（整晚都在甲板上待着，坐在蒲席上赏

---

〔1〕 四弘誓愿，Four Vows，即“无边众生誓愿度，无尽烦恼誓愿断，无量法门誓愿学，无上佛道誓愿成”。

* 圣路易斯奥比斯波，San Luis Obispo，美国加利福尼亚州西部城市。

满月)。

搭便车到宫崎县参加"神之子"的聚会,并参观了当地新石器时期的墓地。回到了京都。美琴(Miko)、阿基邦昂达(Akibananda)和其他人将一年到头待在岛上,浦和榊七尾如今已经回到了长野县的山地静修处。

我和雅终于得以想象一下日本古老而陈旧的思想和生活,思考一下哪些可以恢复到今日的生活中去。很多东西仅存在于感受云和风的过程中。

四万零六十七年零八个月

Ⅷ 40067

(从最早的洞穴壁画开始粗略计时)